オフィスハック
OFFICE HACK

JAPANESE
SPY ACTION
NOVEL

著=本兌有・杉ライカ　画=オノ・ナツメ

幻冬舎

オフィスハック

目 次

主な登場人物

香田大介《こうだだいすけ》　31歳。男性。妻子持ち。年上で後輩の奥野に対しては、バディであるものの、やや精神的な距離を置く。
オフィスハック能力【テイルゲート】

奥野辰雄《おくのたつお》　49歳。男性。奥ゆかしく寡黙な男で、年下にも敬語で話す。香田のバディとして四七ソに配属された。
オフィスハック能力【ダンプスター・ダイヴ】

室長　54歳。男性。本名は神嶌（かみしま）博己だが、皆は「室長」と呼ぶ。香田たちの上司。
オフィスハック能力【ザ・ウォッチ】

鉄輪美喜《かなわみき》　31歳。女性。オペレーター兼ハッカー。香田や奥野を遠隔でナビする。気性が荒く、内勤が嫌いで常にイラついている。香田の同期。
オフィスハック能力【ショルダーサーフ】

OFFICE HACK STAFF

著者：本兌有　杉ライカ　Author Honda Yu　Sugi Leika
装画：オノ・ナツメ　Illustration Natsume Ono
装丁：舘山一大　Design Kazuhiro Tateyama
編集：片野貴司　Editor Takashi Katano

Special Thanks Hiroaki Sasaki & Rio Horiuchi

HACK#0　はじめての社内調整　2015.10

おれは部長のデスクの後ろにある、全面ガラス張りの壁を見ていた。その先には灰色の丸の内と、複合ビル街に切り取られた秋空。おれは数年前に見たピラネージの牢獄都市の絵を、なんとなく思い出していた。

「香田《こうだ》ァ、お前、自分の立場ってもの、解ってる？」

部長の声、それから空っぽの缶コーヒーを机に置くタァンという音が、おれをクソッタレの現実に引き戻した。

おれは今日もデスクの前に立たされ、部長に詰められている。

「お前さ、今月も営業成績目標、達成できなかったよね？」

「はい。例のクオン君の案件が進まず、新規取引先のテンションも落ちてきてまして……」

「香田ァ、それお前のザ・悪い癖、パート3な。人のせいにするな。クオンは辞めたろ」

「いえ、そういう意図で言ったんじゃないんですが……」

おれは口ごもった。おれは腹の中で、クオンのアイディアとおれの労力を、あんたの取り巻きが潰したんだろうと言っていた。だが、そんな過激発言を面と向かってできるはずがない。

「お前の意図とか、どうでもいいよ。重要な事実だけを見ようよ、香田。ファクトだよ。ファクト。うちはファクト第一主義」

「はい」

面と向かって反抗するのはおれのスタイルじゃない。こんな時、昔は無意識のうちに先輩の後ろに隠れて、やり過ごしてきた。だが……二十九歳になり、周りをよく見渡すと、おれが後ろに隠れられそうな人は一人もいなくなっていた。

「いいか香田、もう一回説明してやるよ。お前、今月も営業成績目標、達成できなかっただろ?」

部長はカラー印刷された３Ｄエフェクトの Excel グラフを取り出し、おれの前に突きつけて、ネチネチと説教を始めた。

こんなのを本気で聞いていても、精神が磨耗するだけだ。おれの意識はまた防衛体制に入り、視線はガラス窓の彼方に向けられた。

……十ヶ月前におれが飛ばされたこの事業部の名前は、第一ＩＴ事業部第二ポータルサイト事業推進課。略称は一二ポ。九〇年代に誕生し、過去に捕まえた大手企業や地方自治体からの広告収入でなんとか生き残っている、シーラカンスのようなＩＴ部署だ。

だがそれも、Ｔ社グループ内の競合で厳しくなってきた。

こういう事業部には、テコ入れのため、グループ内の他の部署から人が回されるのが常だ。おれも、新規顧客開拓のために、別の営業部から飛ばされてきたって寸法だ。

さっき言ったクオンは、おれの隣の席だったベトナム人の若いＩＴ技術者で、端的に言って、素直で有能な奴だった。何でこんな部署に回されてきたのか、おれには理解できないくらい優秀な奴だった。

でもクオンは日本語があまり上手くないし、何しろ派遣だったので、他の奴は誰もクオンの考えた「ビッグデータ解析に基づく広告表示マッチングアルゴリズム」とやらに興味を示さなかった。おれは技術畑の出じゃないから、仕組みの細かいところは解らないが、とにかく、クオンの言ってることはとても知的で合理的だと思えた。

おれは隣の席という縁もあったし、このアイディアがあれば、おれ自身の新規顧客開拓に役立つと思ったから、データ集めに協力してやったりもしていた。現状だと、昔からの得意先のために広告の特等席をディスカウント金額で与え続け、新規の入る余地がなかった。だがクオンのアイディアを使えば、この不公平をマイルドに是正できそうだった。

それが今から三ヶ月くらい前の話だ。その頃はまだ、なんとかこの部署の業績をおれたちの力で回復して、金一封でももらえるんじゃないかって甘い夢を見ていたわけだ。

事業部内プレゼンが何とか通り、うちのポータルサイトを使って一週間だけテストを行えることになった。そのテスト結果は……誰の目から見ても悪くなかった。

ただ、部長の取り巻き営業連中が、露骨に嫌な顔をして水を差した。「先進的すぎて不安」とか「こんなのを導入したら、成果じゃなくて絆で繋がってる昔からのお得意先がヘソ曲げるだろ」とか言い出し、なかには「そんなプログラムで全部できるようになるなら、うちにいるサイト編集部員の半分くらいはクビになっちまうぞ！」なんて極論で不安を煽ろうとする奴すらいた。

しまいには、クオンの作ったパワーポイントの日本語文法がおかしいとか、どうでもいい所に無茶な難癖をつけ始め、次の会議まで判断は一週間延期された。

おれは流石にキレそうだった。もちろん会議の席ではキレなかったが、あまりに悔しかったので、それから残業時間もつけずに、毎晩遅くまでこっそりクオンを手伝って、文句のつけようのない本プレゼン資料を作ってやった。

最終的には部長も渋々そのプレゼンを呑み、今度は二週間の本格的なテスト運用をするために社内調整をするからそれまで待ってろ、と言った。部長の決裁さえ下りればもう大丈夫だ。

おれとクオンは喜んだ。おれは新規取引先開拓のため、二週間ほど関西と九州方面に出張に出る予定になっていた。流石に帰ってくる頃には調整も終わっているだろうと期待していた。

だが、戻ってみると……事態は何も進展してなかった。

それどころか、おれがいない間にクオンは干されて、プログラム用のノートPCも取り上げられ、リストラ部屋みたいなところに放り込まれていた。「コミュニケーションを円滑にするための日本語の再研修」とか何とか称して、古いiPadを渡され、小学生向けの変なスキットをやらされる屈辱的な毎日を過ごしていた。

さすがに扱いが酷すぎる。おれは自分のことのように憤った。だが、おれにできることといえば、時々クオンと昼飯を食いに行き、調整さえ通って本格テストが始まれば待遇も変わるだろうと、あいつを勇気づけることしかなかった。調整はどこまで進んでますかとクオンに聞かれたが、おれも答えようがない。次第に、クオンもその話題を口にしなくなった。調整中なんてのは聞こえのいいブラックボックスで、本当は、部長たちは何もしてないいんじゃないかと、おれもクオンも、心のどこかで薄々思ってたんだ。

そして、一ヶ月前くらいに……クオンはいなくなった。

おれもケツに火がついていた。この案件が通ることを見越して、強気の営業をかけていた新規開拓先のいくつかが、そろそろ痺れを切らしてきた。「君のとこ、社内調整に何ヶ月かかるの？　今期の予算、もう無くなるよ」……まあそうだよな。ああ、また胃が痛くなってきたぜ。

これが、おれの成績が伸びていない本当の理由だ。

「……要するにだ、香田。このグラフから読み取れるのはね、お前の日頃のそういう、何でも人のせいにする態度とか慢心を、取引先も薄々感じちゃってるから、成績伸びないんだってことだよ」

部長の３Ｄグラフ解説は、精神論に帰結していった。

「はあ……」

「で、目標達成できなかったのに、何で来月半休取りたいとか言えるの？」

「いや、来月、娘のお遊戯会で……。入園式も行けなかったんで、流石にちょっと、これは行かないと、家庭内の立場がですね……」

「そういうこと聞いてるんじゃないんだよなあ。何で解らないかなあ……アホなのかな」

しばらく無言が続いた。

聞こえるのは、シュッシュッシュッ、という規則的な霧吹きの音だけ。部長は両手に一個ずつ、二挺拳銃みたいに霧吹きを持ち、自分のデスクの周りに集めた高そうな観葉植物の鉢植えに順番に水をやっていた。右、左、右、左、順番に前に突き出し、霧を吹く。これが部長の日課だ。多分一日に十回くらいやっている。

「ハー、たまんねえな香田」

たまんないのはおれの方だ。水やりが終わると、部長は霧吹きを机に置き、今度はスマホをいじり始めた。

「お前の家族の都合とか、個人の都合とかさァ、俺が知るかよ。……なあ、香田、ここどこ？」

「会社……ですか？」

「そう、会社！　会社に、お前の勝手な都合持ち込んで、いいの？　例えばデッドライン近いってのに、俺が今日突然、ちょっとススキノ遊びに行きますって言って、いなくなっても、いいの⁉」

「冠婚葬祭ならともかく、突然遊びに行くのは……あんまりよくないんじゃないですかね」

「……何で？　考えてみようよ」

「いや、そりゃ、考えなくてもわかりますよ。そんな自分勝手なことしたら、みんな困るでしょう。士気に関わるというか……」

「そうだよな？　わかるよな？　なのに香田、お前いま、それと同じことやろうとしてるよ？」

「エッ？」

おれは絶句した。全く意味がわからなかったからだ。どう考えても、部長が突然仕事をほっぽり出してススキノに行くのと、おれが娘のために来月の半休を申請するのは、イコールで繋がらないと思うのだが、おれが間違っているのだろうか？

啞然としていると、取り巻き営業の一人が自分の机から割り込みで部長に声をかけてきた。

「部長ー、今夜メシどうっスか？　三八フの女子も来るんスけど」

こいつの歳はおれと同年代。５Ｌサイズくらいの結構高そうなスーツを着て、髪はショートパーマ。顎にはスケベそうな無精髭。年中革のサンダルを履いている。しょっちゅう得意先と飲み会に行っているが、新規開拓には全く貢献していない。

「おう、いいよ。ちょっと待ってて、こいつ詰め終わってからな」

部長が上機嫌でそいつに返した。ちょっと待て。おれへの説教は、部長にとって何なんだ？　ただの気晴らしか何かなのか？

その時一瞬、取り巻きの方を向いた部長のスマホ画面が、チラリと見えた。赤と緑の株価チャートみたいなものが。機嫌が悪いのはそのせいか？　そういや今朝、日経がどうとかドルがどうとかニュースで言ってたな。

いや、待て、何でこいつは、業務時間中に私用スマホで株価を見てるんだよ。何でおれはそんな事の片手間に詰められてるんだよ。

「と、いうわけでだ、香田。半休取ることに対して、どう思った？」

「いや……取りたい気持ちは変わらないですけど。もし、どうしてもその日が無理だというのであれば、仕方ないですし、却下してくださいよ」

おれは情けないのと腹立たしいのとで、少し反抗的になっていた。

「あのなあ……お前もう社内システムで申請してんだろ？　俺に言う前にさァ」

「はい」

「そこから却下するとなるといろいろ面倒なんだよ。お前が自主的にキャンセルするなら別だけど。おれは立場上、強制はできないけどさ。でもお前の間違った考え方を正すのは、上司の役目だから、こうやって指導してんだよ」

「エッ、あの、部長……冗談ですよね？」

　おれは思わず口を挟んだ。

「さすがにそれはダメなんじゃないですか？　労働関係の法律が色々、あるんじゃないですか？」

「そんなモン、ないよ。このフロアにいるお前以外の全員、そこわきまえてるよ」

　部長は真顔で言った。おれは足元の床が崩れるような気分を味わった。チラリと後ろを見たが、他の社員は皆、見て見ぬ振りをして、目の前の業務に集中していた。

　部長は犯人の口を割らせることに成功した刑事みたいに、得意満面で語り始めた。

「法律とか社会常識なんて守ってたら、会社は立ち行かないんだよ。法律とか、あんなのは、建前にすぎないんだよ。今お前の見てるこれが、現実」

「現実……」

「そう、リアルな光景。わかる？　香田さァ、お前も、もうアラサーだろ？　現実見てみろよ。みんな頑張ってるよ？　それなのに何でお前、有休とか言っちゃうの？」

「だからですね……家族の問題で……」

「恵まれた環境に甘えんなよ、香田ァ。結婚とか、子作りとか、したくてもできない人、いっぱいいるんだよ？……まあ百歩譲ってさ、社会人としてやることやってたら、つまり営業成績達成してたら、いいよ。それもできないのにさ、娘のお遊戯会だから有休取りたいです……って、ちょっとそれ、無茶苦茶だと思わない？　このフロアにいる皆、きっとこう思ってるよ。**香田、お前さ、人間やめたら？**　って」

「クッソ……」

「え？　今何か言った？　反抗的態度？」

これ以上はまずいと、おれの中の冷静な部分が何度も何度も警告を発していた。

これ以上部長と揉めると、流石にリストラ部屋に送られるかもしれない。背筋がゾッとした。おれは正社員だが、リストラ部屋には本来、それなりの反社的態度や服務規定の違反がないと飛ばされることはない。

だが、この部長なら強引にやりかねない。前から薄々思っていたが、こいつは、完全にクソ野郎だ。でも今は……耐えなきゃいけない。

妻子の顔がチラついた。

「香田ァ。何意地はってんだよ、中学生みたいにさァ」

部長はスマホを弄りながら、空っぽの缶コーヒーをズズッと啜って、また机に置いた。

「有休、自主的にキャンセルするの？」

「……」

おれは部長をにらみ、怒りを嚙み殺していた。

「あのな香田、よく覚えとけ。お前のために言ってんだよ。**この国じゃ、社内ルールは法律や一般常識よりも上にあるんだからな**」

部長は本気で言っていた。おれは打ちのめされた。

T社グループはクソだから、社内のどこかには、上司が真顔でそんなことを言う部署もあるだろうなとは思っていた。そんな部署に配属される奴らは運が悪いなと、対岸の火事のように思っていた。まさか、自分がそんな立場になるとは、思ってもみなかった。おれは情けなさで、しばし呆然としていた。

「部長〜、店の予約こっちで取りましょうかァ？」

無精髭をボリボリと掻きながら、さっきの取り巻きが言った。そしておれに笑顔を投げかけた。

クソだ。この部署は完全にクソだ。何でおれまでこんなクソ部署のルールに従わなきゃいけないんだ。なんでこんなクソ野郎どもが、のうのうと上に居座り続け、おれとかクオンみたいな奴が割を食わなきゃいけないんだ。なんでおれはこんなクソどもの中で、無駄に突っ立ってなきゃいけないんだ。

似たような感覚がフラッシュバックした。確か中学二年の時。校舎の壁に落書きした奴がいるとかいないとかで担任がキレて、クラスまるごと体育館に集められて、正直に自白するまで全員帰さない、とか言い出した。言いがかりに頭にきて堂々と出ていったのは、ヤンキーの反町だった。

その日はファイナルファンタジーXの発売日で、おれも我慢の限界だった。おれは反町の後についてドサクサで帰った。特に翌日お咎めはなかった。あの時の事を不意に思い出した。後にも先にもあんな大胆な事はしたことがない。

今おれの隣に反町がいたら、キレて出ていくだろう。そうしたら、おれも後について出ていくだろうか。このクソ部署から。

「あれ、ちょっと待て。何だこれ?」

不意に、部長の声の調子が変わった。

珍しくシリアスなトーンだった。

「どうしたんスか、部長?」

無精髭が首を傾げた。

「取引所のサーバー落ちたかな? アレ、これ、何かおかしい。田中、お前、こういうの詳しいよな」

「アッ、ハイ」

田中と呼ばれた無精髭がサンダルをパタパタと鳴らしながら駆け寄って、部長の横で片膝立ちになった。

「ちょっとこれ見ろ。サーバーダウンか? 通らねえんだよ」

部長がスマホを手渡した。

「いや、これ……違いますね」

無精髭の顔色が見る間に青くなっていった。よく解らないが、ざまあみろという言葉が頭の中に浮かんだ。

しかし、会話はおれの想像を超えて、どんどんキナ臭くなっていった。

「これ、取引パスワード、変えました?」

「いや」

「じゃあ、変えられてるかもしれないッスね」

「何だそれ? お前、もしかして、今流行りのハッキングってやつかよバカヤロー! 今すぐ何とかしろ! 決算どうすんだバカヤロー!」

……決算? 何で決算が関係あるんだ? 部長のやつが自分の口座で、業務時間中に株か何かやってただけだろ? 違うのか?

「あの、部長、何の話してるんです?」

「お前、まだそこに突っ立ってたのかよ香田! 影薄すぎるんだよ! とっとと自分の席戻って、目標達成失敗の始末書でも書いとけ!」

部長が怒鳴った。

だが、おれは戻らなかった。

「アンタがダラダラくだらない説教続けてるから、席に戻れねえんだろうが」

「ア？　今、何てッた？」

「だいたい、何でおれは、私用スマホでデイトレやって熱くなってる人から説教されなきゃいけないんですかね？」

……言ってから、やっちまった、と思った。

オフィスが静まり返り、調子に乗った説教顔からドロッとしたダウナーな怒り顔に変わっていく部長の顔を見ながら、おれは自分の突発的な言動を完全に後悔した。後悔しながら……おれはほとんどヤケクソで言った。

「それとも、それはアレですか？　クライアントから預かった金、何かに突っ込んでるとかじゃないですよね？　ハハハ……」

我ながらあまりに現実味のない話だ。だが、部長はマジな顔で睨んでいた。それから鋭い視線が三つ四つ、オフィスのあちこちから飛んできて、突き刺さった。

「じゃあ、そろそろ席に戻りますんで……」

おれは愛想笑いをした。

だが、周囲の雰囲気は完全に凍りついていた。

「部長……あいつもしかして……」と、取り巻きの田中がおっかない目でおれを睨み、部長と頷きあう。額には脂汗がにじんでいる。

「ンー……」と、部長が唸った。

そして、他の取り巻きたちとアイコンタクトを交わすと、おもむろに立ち上がった。この雰囲気はあれだ。ギャング映画とかで、この中に裏切り者が一人いる、みたいなヤバいやつだ。

「こいつも処分するか……」

部長が呟いた。処分。リストラ部屋のことか。もうダメだ。娘の顔が脳裏をよぎった。お遊戯会で発表するとかで毎晩聞かされ続けたアナ雪の主題歌が、ループを始めた。

それを遮ったのは、生まれて初めて聞く音だった。

BLAM!

オフィスの外、廊下側で、何か大きな音が鳴った。

おれへの注意は失われていた。

部長も取り巻きも息を呑み、全員がドアのほうを向いていた。

廊下側のセキュリティドアが開き、叫び声が聞こえた。

「部長！　マズいです！　四七ソ《よんななそ》が！　四七ソが来ましたァッ！」

取り巻きの一人、細身のストライプスーツにキャメル靴の若手がそう叫び、廊下から駆け込んできた。

「よッ……四七ソが⁉ クソッ！ 人事部が嗅ぎつけたってのか⁉」

部長は血相を変え、鞄から私用ノートPCを引っ張り出し、血眼でカチャカチャと操作し始めた。それから取り巻き連中を集め「やってしまえ」とか「覚悟を決めろ」とか、物騒なことを言い始めた。

一体何が起ころうとしている？

おれはひとまず自分のデスクに逃げ帰った。

椅子に座りながら、部長が言っていた部署名を復唱していた。

「四七、ソ……？」

四七ソってどこだ。ソってことは、BtoB系のソリューション部の略だとは思うが、何でそんな部署が関わってくる？

メインオフィスにいた他の奴らの反応は、おおむね、おれと同じだった。何が起こってるのか解ってない。それでも席についたまま、見て見ぬ振りで業務を続けていた。そういや、こないだ震度六くらいの地震が久々に起こった時も、こんな感じだったな。

「チクショー！　間に合わねえぞ！　お前ら、時間稼げよ！」

部長はノートPCをハンマーで叩き、破壊していた。完全にキナ臭いニオイがする。

そうこうしているうちに、セキュリティドアが蹴り開けられ、一人の見知らぬ男が入ってきた。

「四七ソだ！」と、取り巻きの誰かが悲鳴のような声を上げた。

現れたのは、黒いビジネススーツを着た、体格のいい男だった。髪は長く、顔はよく見えなかった。その良く通る声と威圧感のせいで、男の身長は二メートルくらいあるように思えた。

「……全員、業務活動を直ちに停止せよ！　我々は四七ソだ！　第一人事部の名に於《お》いて、これより社内調整を開始する！」

男は言った。第一人事部という単語を聞き、オフィスにいた数十人の社員は反射的に凍りついた。おれもその一人だった。T社グループ内において、人事部の権威は絶対的だ。

「この部署の存在は社内倫理規約第四条に反するという、物的、電子的証拠が揃った！」

男は左手にブリーフケース、右手には大きな拳銃を握っていた。

拳銃？

おれは席についたまま思わず二度見した。やはり拳銃だった。

「白鳥部長！　クライアントから預かった年間広告料を、側近らと共に私的運用していたな！　既にそのアカウントは凍結済みだ！」

男は宣告を続けた。というか、何でオフィスで銃を。

「敵は一人だ！　返り討ちにしろーッ！」

部長の声が、おれの思考を遮った。

振り向くと、部長は鬼のような形相で上着を脱ぎ、ワイシャツの袖を捲り上げて、二挺拳銃を構えていた。

二挺拳銃。それは3Dプリンタ製と思しき、オモチャのように艶々とした、黒い銃だった。

おれは思わず苦笑していた。よく見ると、取り巻き連中も、机から同じような3Dプリント拳銃を取り出していた。

目をギラギラと輝かせて、まるで、西部劇のならず者みたいな感じだった。

一体何を始めようってんだ。まだ勤務時間中だってのに。

おれの苦笑いも、そこまでだった。

BLAM！

銃声が鳴った。陸上競技で鳴らされるような、チャチな火薬じゃない。間違いなく本物の銃声だった。

部長の撃った弾は、おれのデスクのすぐ前を通過。四七ソと名乗った黒いスーツの男に向かって、真っ直ぐに飛んでいく。

男は、それをブリーフケースで止めた。

ほぼ同時に、発砲した。

BLAM! BLAM! BLAM!

一回引き金を引いただけで、男の銃は三連発の火を噴いた。三点バーストってやつだった。

「ちくしょう!」

部長は、素早く机の陰に身を潜めていた。

「あひッ」

銃弾は代わりに、取り巻き無精髭の額に命中。無精髭はそのままサンダルを滑らせて後ろに倒れた。死んだのか?

たちまち、一二ポのメインオフィスは混乱と悲鳴、部長たちがあげる野蛮な唸り声、そして銃声に包まれた。

BLAM！　BLAM！　BLAM！

「抵抗は無意味だ！　抵抗する者はこの場で調整する！」

四七ソの男は叫び、手近なオフィス机に飛び乗ると、部長たちに向かってデスク島の上を歩いた。銃弾がそいつに集まった。

「撃て！　撃てーッ！　ブッ殺せ――――ッ！」

部長が叫び、観葉植物の陰から男を狙った。取り巻きたちも身を屈め、目で合図を送り合いながら、オフィスの各所に散っていった。男を包囲するためだろう。

BLAM！　BLAM！　BLAM！

銃弾と怒号がめちゃくちゃに飛び交った。四七ソの男は、社員のデスクの上に置かれた書類を盛大に蹴り散らかしながら、部長のデスクに向かって歩いてゆく。おれのすぐ前を、大股で。

他の社員たちは皆、その場で凍りつくか、見て見ぬ振りをしながらＰＣで業務を続けていた。

「人事部の犬め！　死ねやァ――――ッ！」

キャメル靴の取り巻きが、デスクの陰から突然現れ、立ち上がって、銃を連射した。男の側面を狙っていた。

BLAM! BLAM! BLAM!

男はブリーフケースでこれを防ぎ、ほとんど相手を見ずに、斜め下に向かって射撃を繰り出した。

BLAM!

「がッ」

たった一発で、キャメル靴は撃ち倒され、後方に転がった。そして、動かなくなった。白いワイシャツに、赤い染みが広がっていった。おれは呆然とそれを見ていた。

BLAM! BLAM! BLAM!

男は圧倒的な強さだった。銃弾を撃ち尽くすと、男は素早くブリーフケースの金色の留め具を外し、上下に開いた。

ブリーフケースの内張りは真っ赤なビロードで、拳銃が美術品みたいに規則正しく、何挺か収められていた。男は弾切れを起こした銃を放り捨てると、ケースから次の銃を取り、目にも留まらぬ早業で閉じ直し、銃撃戦を再開した。

BLAM! BLAM! BLAMBLAMBLAM!

「おいお前ら！　手を貸せーッ！　そいつを止めろーッ！　止めないと大変な事になるぞーッ！」

部長がデスクの陰で喚き散らした。無茶苦茶な命令だ。銃を持っている相手に挑みかかる社員など、いるはずもない。

「銃が欲しい奴はくれてやる！　まだ予備がある！　戦えーッ！　俺を守れーッ！　**さもないと、この部署は取り潰しで、お前ら全員、路頭に迷うんだからなーッ！**」

その言葉を聞き、何人かの一般社員が顔を上げ、席を立った。

逃げるんだよな、おれもそうしようと思った。

だが……とても正気の沙汰とは思えなかったが、そいつらは部長のほうへ走っていき、3Dプリント拳銃を投げ渡されていた。

クソだ。何であんな奴を守るために命を賭けなきゃいけないんだ。おれはもう完全に見切りをつけていた。何としても生き残らなけりゃいけない。

「ねえ、葉山さん」

おれは隣席の葉山さんに声をかけた。

「何？」

「逃げませんか、ここ、流れ弾とか当たったらやばいですし」

「エッ、でも、部長は戦えって言ってますよ」

「でも戦えないでしょ」

「だからせめて、こう、業務を続けていようかと……まだ報告書作成の途中でしたから」

「そうですか」

おれは葉山さんの説得を諦めて席を立ち、身を屈めて、廊下の方に向かって逃げた。

BLAM! BLAM! BLAM!

後ろからは銃声と怒号が聞こえ続けていた。冗談じゃない。おれには妻子がいるんだよ。こんな所で死んでたまるか。

おれはできるだけ頭を低くして、セキュリティドアのほうへと進んでいった。これで銃撃戦からは遠ざかることになる。

オフィスは机六個単位でいくつも島が作られているが、角を曲がって隣の島に行くと、他の脱出グループと落ち合うことができた。

「逃げます？」

と聞くと、彼らは無言で頷いた。おれはその中に紛れ、安堵の息をついた。まともな判断力を持ってるやつが、おれの他にもいると解ったからだ。

BLAM! BLAM! BLAM!

後方では相変わらず銃声が鳴っていた。逃げ出して本当に正解だった。おれは内なる反町に感謝した。

「畜生ーッ！ 撃っても撃っても奴に全然当たりません！ あうッ！」

「奴はまるで死神で……ぐえッ！」

断末魔の声。取り巻きが次々に〝調整〟されていくのが解った。いや、取り巻きだけじゃなく、さっき部長のほうに走っていって拳銃を受け取った社員も、どんどんやられていた。

四七ソの男は情け容赦がなかった。

「ウオオオオオ――――ッ！」

部長の獣じみた叫び声が上がった。流石におれは一瞬立ち止まり、後ろを振り向いてそれを見た。ついに覚悟を決めたのか、部長自らもデスクの上に飛び乗り、四七ソの男に向かって二挺拳銃を突き出していた。

始まったのは、凄まじい撃ち合いだった。

BLAMBLAMBLAMBLAMBLAMBLAM!

まるでパチンコの大当たりみたいに、薬莢がオフィスデスクの上に際限なくこぼれ落ち、硝煙が渦巻いていた。

ショットガンを構えた取り巻きも加勢し、流れ弾で穴だらけになった書類が、花吹雪みたいにオフィスを舞った。

「人事部め、俺の計画を邪魔しやがって！　この体制を築くのに何年かかったと思ってんだバカヤロ――――ッ！」

盗人猛々しいとはこのことだ。部長は狂ったように叫び、二挺拳銃を交互に撃った。霧吹きスプレーみたいに、右、左、右、左。

BLAM!　BLAM!　BLAM!　BLAM!

「あひッ」

流れ弾が葉山さんの側頭部に命中し、机に突っ伏すように倒れるのが見えた。葉山さん……言わんこっちゃない……。

おれは顔をしかめながら、脱出仲間たちとともに、セキュリティドア前に向かった。解除ボタンを押してドアが開くと、一斉に廊下に向かって逃げた。

脱出成功だ。周りの数名が走りながら言葉を交わす。

「どこ逃げましょう⁉」「とりあえず、トイレ⁉」「社食かな⁉」

何で皆、家に帰ろうと思わないんだよ。結局行き先は決まらず、おれたちはひとまず、銃撃戦から少しでも離れようと、ひとかたまりになり、エレベーターホールに向かって廊下を走った。おれもその中に紛れていた。

その時、エレベーターホール側からゆっくりとこっちに歩いてくる二人組が見えた。見慣れない組み合わせなので、他の事業部だろうと思われた。

一人はおれより身長が低く、時代遅れの眼鏡をかけた、五十歳位の恰幅のいい男……たぶん役職付き。その後ろにはパンツスーツ姿のアラサーくらいの女性社員。会議か何かでこのフロアに来たんだろうか。

だが、今はどうでもいい。他人に構っている余裕などなかった。その二人組の横を走り抜けて、おれたちは廊下の角を曲がり、エレベーターホールに向かう。

はずだった。

だが、おれだけがその場で足止めを食うことになった。

「君、ちょっと待った」

眼鏡の男がニヤニヤと笑い、おれの手首を掴んでいたのだ。

「エッ?・」

おれは片足でトン、トンと飛び跳ねていた。

他の奴らはおれの状況に気づかず、角を曲がって走り去った。

「すみません、離してくださいよ。今ちょっと取り込み中なんですよ。こんな所にいたら危ないですって。一二ポのオフィスでいま、銃撃戦が始まっ……ヒイッ!」

おれは早口で説明しかけて、声を詰まらせた。この男が首から下げたIDカードには、**「第四IT事業部第七ソリューション課」**の文字が刻印されていたからだ。

その略称は、四……七……ソ。四七ソ!?

よく見ると、パンツスーツの女も耳にインカムを付け、手には小型拳銃を持っていた。当然、IDカードには「第四IT事業部第七ソリューション課」の文字。やっちまった。殴り込んできたあの男の仲間か。

おれの膝が恐怖でガクガクと震え始めた。

「な、何ですか。おれ、抵抗なんてしませんよ」

「いや、そうじゃなくってさァ。ハハハハハ、大丈夫だって、とって食ったりしないから」

のらりくらりとした、マイペースな口調だった。

「ここなら弾も飛んでこないし、うちは無抵抗の社員に手を出さないから、安心してよ。君、名前なんて言うの？　IDカードよく見せて」

「あッ、香田じゃん……！　室長、私こいつ知ってます」

突然、パンツスーツの女がおれを指差しながら言った。

「エッ？」

おれはその女を見返した。言われてみると、見覚えがあった。

こいつは確か……鉄輪《かなわ》だっけ。

「何？　鉄輪ちゃん、知り合いなの？」

室長と呼ばれた男がそう問うた。間違いない、やっぱり鉄輪だ。

「はい、新人研修で一緒だった奴です。めちゃくちゃ地味な奴でしたけど、悪い奴じゃないです。あの、室長……もしかして、こいつが？」

「うん、そう。見込みあるよ」

「まさか、ありえないと思いますけど。どんな能力者なんです？」

「**テイルゲーター**」

「ああ、そういう事ですか……。それならあるかもしれません」

と鉄輪が真面目な顔で頷いた。

二人はおれを置いて、どんどんワケの解らない会話を進めている。

「すみません、どういうことです？」

「君、よく駅の改札で、前の人のカード情報で乗車しちゃって、降りる時とかに困ってない？」

「えッ、はい」

おれはそれを突然言い当てられ、驚いた。

昔から、おれはそういう体質なのだ。人の後ろについて行動すると、たまにそういう妙なことが起こる。通勤定期を持ってるから、別にキセルをしたいワケじゃないのに。むしろしょっちゅうエラーのせいで足止めを食らっていい迷惑で……。

しかし、なぜこのオッサンはそれを一発で見抜けたんだ？

「……何で、解るんですか？」

「やっぱりねえ。**さっきのも、良かったよ。**香田ちゃんさァ、詳しい話は後で第一人事部からいくと思うけど……ウチ来ない？　**君、いいモノ持ってる気がするんだよねェ。磨いたら、物凄く伸びそう**」

そんな言葉を掛けられるのは、たぶん生まれて初めてだった。おれの体質と業務遂行能力に何の関係があるのか解らないが、褒められたら悪い気分じゃない。

「それってつまり、スカウト……って事ですかね？」

おれは先程まで銃弾から逃げ回っていたのも忘れ、廊下で立ち話を始めていた。完全に、この室長って男のペースに呑まれていた。

「そうそう。実はねェ、ウチいま人手不足でさ。せっかくだから骨のある奴いないかなァーと思って、現場に探しに来たんだわ。君の今の部署、どうせ解散になっちゃうだろうし、変なトコに回されるより遥かにいい選択肢だよォ、四七ソは」

室長はおれの肩を馴れ馴れしく叩いた。メインオフィスのほうからまた何名か、脱出者が走ってきて、おれたちには目もくれず、一目散にエレベーターホールへと走っていった。

「あの、四七ソって、何する部署なんです？」

死ぬのは真っ平だが、解雇されて路頭に迷うのも御免だ。家族になんて説明すりゃいいんだよ。だからおれはサラリーマンとして本能的に、室長という男の言葉に食いついた。

「何する部署って？　香田ちゃん、君、もしかしてニブいほう？」

「室長、そいつ、最高にニブい奴です」

鉄輪は呆れ顔でおれを見ていた。おれは少しムカついたが、銃を持っているので口ごたえしないことにした。

室長はメインオフィスの方を一瞥《いちべつ》しながら言った。

「うちの仕事は、見ての通り、単純明快なんだけどなあ」

おれはそちらを見た。セキュリティドアの分厚いガラス越しに、壮絶な撃ち合いが展開されていた。

デスクの上では、全弾を撃ち尽くして丸腰になったクソ部長が、ついに反撃の銃弾を浴び、机の上で不恰好なダンスを踊るように揺れていた。誰かがまたセキュリティドアを開けて逃げ出し、オフィス内の銃声が漏れてきた。

BLAM! BLAM! BLAM! BLAM! BLAM! BLAM!

「アアアア――――ッ! ちくしょオオオオ――――ッ!」

部長は絶叫しながら五秒間ほど撃たれ続け、全身から壊れたスプリンクラーみたいに血を噴き出し、仰向けに倒れた。壮絶な最期だった。こっちに向けた足裏が、ビクビクと痙攣しているのが見えた。

「うーん、安曇《あずみ》君、今回も見事だね」

室長がうんうんと頷いていた。あの男は、安曇って言うのか？

「それで、見ての通りの仕事っていうのは、つまり……？」

おれはまだ状況をうまく飲み込めずにいた。

「鉄輪、説明してあげて」

「香田さァ、相変わらずだよね。あんた社会人何年目？　世の中の仕組み、解ってんの？」

鉄輪が頭を掻き、おれを哀れむような目で見た。

「おい、バカにすんなよ。そのくらい知ってるよ」

「じゃあさ、個人の都合より、家庭の都合より、社会の都合より、上にあるもの、何？」

「そりゃ会社の都合だろ？　法律よりも、会社の掟。この国はそういうふうに回ってるって言いたいんだろ？」

「そう、だから私たちがいる。T社の法と正義を執行するために」

「エッ？」

「部署を私物化して法を捻《ね》じ曲げ、T社にダメージを与えようとするナメくさった寄生虫どもを、第一人事部の名に於いて、四七ソがブッ殺す」

「ちょっとちょっと、鉄輪ちゃァーん。だから、現場ではそういう風に物騒な言い方しちゃダメだって」

「あ、すみません、室長。ついいつものクセで……」

鉄輪が素直に謝った。

「ちゃんと社内コンプライアンスに配慮してよ。イライラ溜まってるんじゃないの?」

「ビタミンB、摂っときます」

室長と鉄輪は、いやにリラックスした調子で話していた。風通しのいい部署なのかな。

おれは二人の顔を見ながら、小さく手を上げて、割り込み発言した。

「ええとつまり、ブッ殺すじゃなくって……**社内調整**、ですか?」

「そうそう、そういうこと。冴えてるじゃない。頼もしいなあ」

室長はタヌキじみた満面の笑みを作った。

これが、おれと四七ソの出会いだった。

to be continued……

HACK#1　ONDO社の社内調整　2017.12

「ですから、このような事は倫理的にも決して許されず……アグッ！」

峰の視界にスパンコールじみた星が散った。背後から後頭部を銃底で一発。まるで映画のような手際《てぎわ》だった。オフィスに銃。法治国家ではあまり馴染みのない絵だが、残念ながら現実だ。峰はハーマンミラー製の黒いチェアから灰色のカーペット床へと転がった。仰向けのまま鼻血が垂れ、喉まで落ちた血が絡んで、ゴボゴボ鳴った。

「どういうつもりだ？　新人なんか送り込んできて」

「後始末の手間が増えちまったぞ」

「なんかマズくないスか。このままやるんですかね」

上等なスーツ姿の男たちが峰を見下ろしている。皆、どこか他人事のように囁《ささや》き合う。

「当然このまま進めるさ。俺はそういう契約で来てるんだ」

〝サカグチ〞が黒い拳銃を胸のホルスターに仕舞った。峰はその動きを目で追おうとする。

いま思えば最初からこの男は臭かった。名刺を出そうとせず、IDはおろか、サカグチがどんな漢字なのかも解らず仕舞いだ。本名かどうかすら怪しい。

「ううッ……」

「お前、まだ意識あるのか。頑丈な奴だな。でも頑張りどころをまるで解っちゃいない」

サカグチは言った。

「いいか、日本は沈没するんだぜ。そんな泥舟にいつまでも乗り込んでいられるほど、我々は呑気《のんき》じゃない」

歳は三十代後半。きつめのパーマに顎鬚《あごひげ》。淡いピンク色の混じったストライプシャツ。細身のネクタイ。やや艶のあるスーツ上下。小洒落《こじゃれ》た革のスリッポンを素足の上に履いている。

峰は反論しようとした。だが言葉が出てこない。もう呂律も回らなかった。

「処理業者、次、何曜日だっけ?」

サカグチが近づいてきた。峰の意識はそこで飛んだ。

（香田《こうだ》くん、疲れてない？）

翼の生えた馬が、おれの名を呼んだ。

（休んじゃっても、いいんだよ？　皆が穴を埋めてくれるよ！）

おれは周囲を見渡した。フェンスの向こうは虹色の山並みだった。眩《まぶ》しい日差しも虹色だった。太陽を探そうとしたが、空は真っ白で、うまくいかなかった。空から降ってくるのは雨や雪ではなく、虹色のシャボン玉だった。めちゃくちゃメルヘンなやつだった。

やがて空に七色の虹がかかり、さっきおれに呼びかけた馬が、斜めに旋回しながら地上へ降りてきた。このあたりでおれも夢と気づきそうなものだが、そうでもない。

シラフだったなら、それがほぼ毎晩付き合いで観ているマイリトルポニーの録画の影響だとわかる。だが夢の中では必死だ。誰だって、チェーンソー男に追いかけられてる夢を見てる最中に、ヘラヘラ笑って「これは夢だな」なんて言える余裕はないだろう。

やがて色が、光が溢れ……その中にチカチカと明滅する数字が現れた。マイリトルポニーのサイケなパステルカラーじゃない。赤と青の、無機質で冷酷なデジタル数字だ。そして砂粒みたいにザラついたニュース番組。下降曲線のグラフ。

おれは笑いながら悲鳴をあげて……目を覚ました。

浴室、水を張ったバスタブの中で。最悪なのは服を着たままだったという事。多分おれは飲みすぎたんだろう。誰と飲んだのかも覚えていない。

時刻は午前四時、木曜日。まだ週の真ん中だ。寝直すか。いや、向き合わなくてはいけない。

おれはスマホを探し求めた。タイルの上に転がっていたが、幸い、水没してはいなかった。おれのスマホは防水らしいが、試したいとは思わない。そういう勇気は育てずに、おれは大人になった。

「世界情勢どうなった、クソッ、ミサイルどうなった……」

じれったい指紋認証を終え、スマホの検索画面に「ドル円」とフリックする。

Googleはおれに、ご丁寧にも小数点以下六ケタまでの数字を教えてくれた。

「110・772464円……!」世界経済は崩壊していなかった。

「イエス……！」

おれは小さくガッツポーズを作った。勝利したと思った。実際はまだドル円を買った時より二円以上もビハインドだが、破滅は逃れた。首の皮一枚つながっただけともいえる。だがおれの中ではもう、勝利したも同然の気分だった。

なんで日本の上をミサイルが飛んでいくと、円が買われて円高になるのか、おれにはさっぱり理解できない。円は日本の通貨であることや、北朝鮮はすぐそこであることを、ようやく世界の連中が思い出したのだろうか。もうどうでもいい。救われたからだ。

濡れた衣類を脱いでその辺に投げ捨て、顔を洗う。夢の記憶と頭痛のせいで妙にテンションが上がってきて、おれはその場でシャドーボクシングをした。テンションの上がりついでに、ルームランナーで走った。大馬鹿だ。

口座の実際の金額は見ないことにした。もしドルが一〇〇円を切ったらどうするか。ありっこないはずだが、そんなことになったら、おれは全てを打ち明けるつもりでいた。だがその必要はなくなった。もう大丈夫だ。

「どうだ、見たか。無責任なこと言いやがって、何が一ドル二〇円に直行だ……！」

この文句は、昨日の夜にTwitterで見た、誰だか知らない奴の無責任なドル円予測に対してだ。今探しても見つからなかった。そんなものだ。

おれはその後、時系列がクソみたいにグチャグチャになったTwitterのタイムラインをなんとなく見て、スーツに着替えて、時計を見ると、朝六時。もう完全に勝った気がした。意識も冴えている。これで今日も戦える。


おれは清々しい気分で家を出て、通勤電車に乗った。SNS中毒の学生みたいにスマホにかじりつく生活は、もうやめだ。とはいえ、途中でどうしても気になり、降りる直前に一回だけGoogleに聞いてみた。ドル円は一一〇円半ばを維持している。ロイターニュースも、米朝戦争勃発《ぼっぱつ》の危機は回避されるだろうと言っていた。

ロイターが言っている。つまりこれは、完全勝利だろう。

朝の丸の内の空気を吸いながら、おれは誰にともなく挑みかかるような気分だった。胸のスマホが揺れ、今朝の世界情勢をおれに伝えてくる。勤務時間中は、一時間に一回のチェックにとどめることを自分に課した。

スマホを鞄の奥底に仕舞い、意識の高いサラリーマンらしく胸を張って歩く。

無数のレールが美しく並ぶ東京駅から出て、ゾロゾロと歩くオフィスワーカーに混じって少し歩けば、そこはおれの会社。

名前はT社としておこう。上場していて規模はでかい。無駄にでかいほどだ。給料はいいと思われがちだが、実際はまあ、平均より少し高いだけだし、残業代もほとんど出ない。こんなんじゃローンや老後の心配はとても解消できやしない。本当だ。そうでなけりゃ、小遣い稼ぎのドル円なんかに手を出さないだろ？

……まあいい。もうおれは、何故ミサイルが飛ぶと円高になるかについて考えるのをやめたんだ。

おれの意識は職場へとフォーカスしてゆく。

一〇三階建てのミラー・ビルディング。立体的で妙に凝った造形。複数の屋上スペースには青々とした木々が植樹され、空中庭園を気取っている。今こうして歩きながら見上げるなかでも、木々を揺らして鳥の群れが飛び立つさまが見えた。

守衛さんが今日も厳めしい。高速で動き続ける回転ドアをタイミングよく通過し、憂鬱な通勤行列に並ぶ。随分余裕をもって出社したんだが、まだ甘かった。このエレベーター待ちの行列がまたヤバい。二十分並んだ事もある。並びながら上司に電話をかけるわけだ。

「すいません、エレベーターの行列のせいで、オフィスに辿り着けないんです……」

アホすぎる話だ。

さいわい、今日の出勤は早朝。列消化はスムーズだった。おれは一〇〇人乗りのエレベーターに詰め込まれ、他の連中同様にじっと前を見て黙り込んでいた。高速エレベーターは階層ごとにいくつもあり、こいつは五十階で止まる。おれはそこから階段を使って一フロア上がり、日陰部署やスタートアップ部署が集まる五十一階へ。さらにその片隅の、誰も来ないような一角へ。

エントランスホールと同様、カードキーを使って小さなオフィスに入った。


「ア……おはようございます」

おれは室長と奥野さんに挨拶した。少し狼狽《うろた》えた。早朝出勤のつもりだったが、二人は当然のように出社している。

「どうも。おはようございます。香田さん」

奥野さんが挨拶を返してくれる。おれの親父ぐらいの歳だが、親父とはまるで別種の生き物だ。背が高く、雰囲気が高倉健に似ている。顔がじゃなくて、雰囲気が。

この人は再就職で先月末に入社してきた人で、一応、おれが職務上のメンターという立場だ。つまり、年上の部下。一番やりづらい関係だ。しかも高倉健に似ている。雰囲気が。どう接するのが正解なんだ？

年上の部下ってのは本当に困る。正直どんな話をふったらいいかわからないし、常にその……緊張感があった。

「ア……どうも」

「どうも」

今朝も会話の糸口は摑《つか》めなかった。おれは手持ち無沙汰を感じ、ＰＣを立ち上げて隅のコーヒーを淹《い》れに行った。備品のＰＣは遅くてひどいものだが、コーヒーマシンがあるのはいい。

「俺も飲もう。オカワリちゃん」

室長が馴れ馴れしい口調で隣にやってきた。

「早いねえ香田ちゃん。どうしたの」

「まあちょっと。テンション上がっちゃって」

おれは言葉を濁した。ドルや円高の話などすべきではない。ましてや、おれの口座の現状など。オフィス内でこういう生々しい話は厳禁だ。おれの株が下がり、評価にも影響するだろう。

「でも、僕は遅刻キャラじゃないですよ。井上と違って」

「同じようなもんでしょ」

やや辛辣《しんらつ》な言葉が横から飛んだ。いつの間にか出社してきた鉄輪《かなわ》だった。彼女はおれと同期で、もともと現場仕事だったのだが、内勤に異動させられて普段からイラついている。

鉄輪はおれの肩に訝《いぶか》しげに顔を近づけ、フンフンと鼻を鳴らした。

「シャンプーのいいにおいする。何で」

そりゃ、テンションが上がって早朝からめちゃくちゃ運動して、シャワーを浴びたからだ。そんな事をいちいち説明していられない。

「やめろよ。テンション上げたかったんだよ。今日は」

「いいにおいはするけど、肌は荒れてる。いつまでも若くないよ」

「寝てないんだよ」

おれは鉄輪を振り払うようにして席に戻った。睡眠時間が不足していることを社内でアピールするのは良いことだ。ワークライフバランスがどうこうとか生ぬるいことを言ってる奴は、おれの会社じゃ生き残れない。

鞄を置き、席に着く。奥野さんは顎に手を当て、渋面でA４資料を読みふけっていた。

「何のアレですか？」

「オンライン研修……インサイダー取引研修の……マニュアルです」

奥野さんは低い声で言った。二十歳近く年上だが、おれに対しても敬語を使う。そして寡黙だ。暗いわけじゃなく、必要最小限しか喋らない。

「今週までなので」

「ああ……あのアレですか。僕もやらないとな」

当然おれも履修していなかった。特に業務と直接関係のない、舞台設定や登場人物だけやたらグローバルな注意事項を、パワーポイントのプレゼン的な味気ないフォントとポリティカリー・コレクトな絵面の写真で、たっぷり一時間つかって説明される。

『あなたの同僚のジェーンは同業者パーティーで思わぬ掘り出し情報を見つけたといいます。ここであなたが取るべき行動として、最適なものにチェックをつけてください』

……こういうものを、早送り不可能なパワーポイント的アニメーションとともにやらされるわけだ。

しかも、その研修システムにアクセスするための専用アカウントのパスワードは頻繁に変更せねばならず、そのたびに、今ちょうど奥野さんが手にしているようなマニュアルを用いて手順を覚え直さねばならない。

つまり、完全にクソだ。

「まったく、これ、何のためにやるんですかね」

おれは奥野さんにぼやいた。奥野さんは首を振った。

「わかりませんが、そういう決まりなんでしょう。私は初めてですし」

二ヶ月に一回、こういう何のためにやるのかわからないグローバル対応オンライン研修をやらされるのに、その中身は完全に旧態依然とした日本企業なのが、このT社だ。

同業他社、類似の業種の他社、関係のないベンチャー企業、海外企業、目についた会社を片っ端から合併し、吸収していった挙句、ちょうどこの九龍城《クーロンじょう》を綺麗にしたような巨大社屋と同様の、なんだかわからない集団と成り果て、身動きするたびに体のどこかで軋《きし》みが生じ、嫌な音がして、パラパラ埃が落ちる。そういうモンスターなのだ。

「アクセスできますか？」

おれはマニュアルをためつすがめつしている奥野さんに尋ねた。奥野さんは少し首を傾げた。

「正直、困惑しています」

「ですよね！　僕も触ってみます」

おれは助け舟を出した。奥野さんは苦笑して、お願いします、と頷いた。オンライン研修はクソそのものだが、どう接したらいいかわからない同僚とのとりあえずのコミュニケーションの材料にはなるというわけだ。おれたちには、共通の敵が必要なのだ。

『様子がおかしいユンを問い詰めると、巨額の投資事案を独断で進めている事がわかりました。その新興企業の主要株主はロシアに在住しており……』

おれも研修サイトにアクセスし、何もかも予想通りのテキストを読み始めた。

「あれ、香田さん、まだ研修やってなかったンスか？　慣れてくると結構ウケますよ、それ。ノリが」

肩越しに声をかけてきたのは井上だ。おれより五つ下で、悪い奴ではないが、妙に余裕綽々《しゃくしゃく》なところが鼻につく。確かに才能はある。だが、鼻につく。仕事のフォローもソツがない。だが、鼻につく。奴の相棒はアスカンという中華系インドネシア人だ。アスカンは鼻につかない。

「今日は早いじゃないか、井上」

「俺をサボりキャラみたいに言わないでくださいよ、いつも電車が混みすぎなンスよ」

「アスカン君は？」

「あいつは、現地で集合スね。自分も直行予定だったンスけど、ちょっと忘れ物しちゃったんで」

「そうか。まあ、頑張れよ。お前のツーマンセル、このところ社内調整が続いてるだろ？」

「へへ、大丈夫ですよ。任してくださいよ。だいぶ慣れてきたんで。香田さんも頑張ってくださいよ？」

井上はとにかく常に一言多い。おれは相手にせず、それを軽く受け流す。大人だからだ。

「ああ、今は特に持ってる事案はなし……」

「そろそろ香田さんとこにも来ますって、イキの良い社内調整案件が。勘っスけどね」

「よしてくれ」

縁起《えんぎ》でもない話だ。退屈な職場だが、社内調整案件がなければそれに越したことはない。

おれは意気揚々《いきようよう》と出て行く井上の背中を見送った。あいつはいつも楽しそうだ。そこもまた気にくわないところかもしれない。我ながら酷いと思うが。

その時、メールボックスから通知が入った。井上の勘は正しかったようだ。おれは内容をざっと確認したあと、奥野さんに何か話を振ろうとした。

奥野さんは室長を見ていた。室長はちょうど電話連絡を受けていた。メールと同時に上長に内線電話が来る。この意味をおれは知っている。室長は受話器を置き……苦笑いした顔でおれたちを見た。

「香田ちゃァん、ちょーッと悪いんだけどさァ」

完全に嫌な予感がする。今日のオンライン研修はお預けになりそうだった。

「いや、参ったねェ」

室長は愛想《あいそ》よく言った。

「月初は今月暇だなァなんて思ってたけど、そういうこと考えるとダメだね。テキメンに来るね」

おれと奥野さんは、室長と共に六十階「空中テラス」に繋がるエレベーターの中にいる。壁にへばりついたような縦のガラスチューブを上下する、見栄っ張りなエレベーターだ。

この本社ビルは、十六階建て、六十階建て、八十八階建て、一〇三階建ての四つの棟を合体させたキメラだ。融合したそれぞれの建物の屋上部には植林が行われ、空中テラスとして社員の憩いのために役立てられている。

上昇するこのエレベーターから見下ろせば、十六階建ての棟の屋上の森が見える。出勤時、下から見上げたあの不自然な森だ。屋上スペースに植樹し、川まで流して、ビオトープみたいなものまで作っている。木には鳥が集まり、葦の間をトンボが飛び回る。まるでラピュタか何かだ。さいわいこのビルの文明は滅びていない。今のところは。

「それで、今度の部署間調整はどこの件ですか」

おれは尋ねた。もっとも、答えてもらったところで、特に何か合点がいくという事もない。

「ONDO社だ」

「ONDO社？」

「旧〝たびるジャパン〟の編集部だね。俺もよくわからんのだが、ホールディングスがあそこの株を過半数取得して、連中が十四階に引っ越してきたのが先月末だから、まあ、なんだ……買ってみてから実は〝火種〟だった、というところかもしれんなあ」

「ウチんとこ、カイシャ買いすぎなんですよ」

「いや同感」室長は大真面目に頷《うなず》いた。

「手あたり次第だからね」

「大企業病の極端なやつじゃないッスか。買ってなにか業績が良くなったって事もないし、既存の事業とシナジーしてるわけでもないし。ボーナスの散財先を探し求めてミッドタウンをうろつくOLみたいなモンですよ。使うことが前提で、後のことなんか考えてない」

持論を語っているうちに、おれは妙なエンジンがかかってきてしまった。

「そのせいで、他社より社内の別の部署とのほうが仲悪いですよね？　他の階を歩くと、もう緊張感凄いですよ。バチバチ火花散ってますって」

「そりゃまあ、俺たちが**四七ソ**《よんななそ》だからっていうのもあるだろ」

室長は言った。四七ソはおれたちの部署「第四ＩＴ事業部第七ソリューション課」の略称……もはや隠語だ。何をやる部署なのか、聞いただけじゃサッパリ解らない。うちの会社にはこんな名前の部署が山ほどある。要するに、増えすぎだ。

だがおれたちにとってはメリットもある。おれたちがやっているのは、社内の他の連中にあまり歓迎される仕事じゃないのは確かだからだ。

「でも、うち以外の部署だって、実際そうじゃないですか？」

おれは意識高く食い下がった。

「承認を取るのにも、いくつ部署を経由してるのかイマイチわからないし、いざ動くかって時になると、やれこの件はあの部署の縄張りだからどうとか、この件の協業はあの部署に事前に根回ししておかないとだとか……バカバカしくて、ホント」

「なんだよォ、結構溜まってるンだね、香田ちゃん。ウチに異動してきたのは運命だったかな」

「そうかもしれないですね。適性があると思ってないと、やってられないというか……」

ちらりと見たが、奥野さんは黙って聞いている。奥野さんは基本的にノーコメントだ。わからない事は口にしないという、わきまえたスタンスなのだ。おれは自分を棚に上げて、奥野さんのそういうところが信頼に足ると感じていた。


やがてエレベーターは六十階に到達。気圧の変化で耳抜きをしないといけない。おれたち三人はそのまま廊下からガラス張りの通路へ渡り、空中庭園に出た。業者が植え込みの剪定を行っている横を通り、おれたちは設置された丸テーブルの席に座った。隣にはキヨスクめいた売店スタンドがあり、ドリンク類の注文が可能だ。

「奥野さんはどう、もう慣れた？　四七ソの雰囲気。困ってる事ない？」

「まだまだ勉強不足ですが、よくしてもらっています」

奥野さんはいちいちかしこまって室長にお辞儀をした。

「ならよかった。香田ちゃん、あれ見て。水仙が咲いてるよ」

「はあ。凄いですね」

「せっかくこんな場所が用意されてるんだから、緑を愛でないとさ」

「いいと思いますよ……あ、来たんじゃないですか」

おれは室長の肩越し、こちらに向かってくる社員の姿を見た。

「ああ、ああ、どうも」

室長は立ち上がり、今回のクライアント部署の社員を出迎えた。落ち着かなげにキョロキョロする小柄な社員だった。首から下げたIDカードにはTAKEDAと書いてある。うちの会社の社員証氏名表記は全員ローマ字で、見た目だけは実にグローバルだ。

「お世話になってます、どうも」

「いやあ、どうも……」

「武田さん、彼らが今回の件の社内調整を担当するツーマンセル、香田と奥野です」

「ああ、どうも、よろしくお願いします」

室長の紹介を受けて、おれと奥野さんは武田さんと名刺を交換した。

「武勇の武ですね、植物の竹じゃなくて」

「そうなんです」

同じ社員同士だが名刺は交換し、あいさつも他人行儀だ。なぜなら部署が違うから。ここは、そういう会社だ。

「事前の説明はまだ行っておりません。詳しい事項説明の前に時間をかけても、二度手間と言いますか。ははは」

室長は笑った。まあ、室長にしても、第一報を受けたのがついさっきだ。武田さんは「うん、うん」と頷いた。小刻みな頷き方に面白さを感じた。

「わかりました。それでいいです。というか、ASAPです」

武田さんは眼鏡をクイッと持ち上げ、早口で言った。彼は小脇にかかえたタブレットをテーブルに載せて滑らせた。

「直接見てもらうのが早いと思いました」

ウェブサイトだ。

「いいですか、たとえば、伊豆、温泉、で検索するとします」

「ええ」

「ほら……出てきました。で、トップに並んでる、これと、これと、これですね」

「それが何か……」

「これね。サイトが全部〝ONDO〟っていうウェブサービスからのものです」

「そうですね。で、それが何か……」

「これね、見てください、これ。トップの検索結果のこれ。伊豆の温泉宿のおすすめについて触れているわけです。写真等を使って」

「はあ」

「次に、検索結果でいうと三ページ目ですね……ええと、このへんの……、このブログ記事です。個人の方が運営されてます」

「そうですね」

「はい、これ。写真はこれ。で、文章」

「……」

おれたちは顔を見合わせた。完全にパクリだ。武田さんは頷いた。

「これね、ＡＩを使って、既存の個人ブログとかＳＮＳの文章をうまーくコピーしてきて、ちょっとだけ組み替えて張り付けて、記事を作ってるわけですよ」

「写真もコピペですよね、これ。うわあ」

「いや、正確にはコピペじゃないんですよ。そこがまた」

武田さんが続けた。

「写真のデータのアスペクト比を若干変えて、フィルタもかけて、微妙に違いを出しているんです。これもＡＩで処理してるワケなんですが……まあ、何の言い逃れにもならないですよね」

「すっごいなあ」

その酷さにおれは感心してしまった。武田さんは苦笑した。

奥野さんは眉間にしわをよせて呟いた。

「剽窃《ひょうせつ》……という事でしょうか」

「全くその通りです」

「感心しませんね」

奥野さんの声は悲しげだった。

「個人の方が、ご自身で試行錯誤して、労力をかけて、自分の足で踏んだ場所を皆さんに紹介している、そういうものを、いわば横合いからさらっていくといいますか……」

どうやら義理人情は奥野さんの得意分野だ。説得力がある。おれは奥野さんがいつになく饒舌に喋るのに少し驚きつつ、バランスをとるために、よりプロフェッショナルな見解を述べた。

「ＯＮＤＯの収入源はけっきょく、広告でしょ？　広告主にもダメージですよ。金銭的なダメージだけじゃなく、ブランドダメージがでかい。Googleとかからも制裁を食らって、T社グループ全体のSEOが下がる」

「まったく、お二方の言う通りです」

武田さんは小さくため息をつき、眼鏡を直した。

「それも、まあ、至らぬライターやらがやっているなら、まだ責任の負わせようもあるんですが……いや、それだって十分T社にとって取り返しのつかないダメージにはなるのですが……このONDOの問題は、その剽窃プロセスをですね、全部AIにやらせることで、圧倒的大規模なコピー・ペーストを超高速で行っている点にあります。何でもいいです。検索してみてください」

「ローマ。旅行」

「ONDOがトップで出てきます」

「美味しいラーメン」

「ONDOがトップで出てきます」

「デートスポット、南青山」

「ONDOがトップで出てきます」

「マイリトルポニーとかは……？」

「……出ませんね、なんでしたっけこれ」

「アメリカの子供向けアニメですね」

「そういう細かいところまでは、まだ手を出していないみたいですね。だからまだ大事にはなってない。でも時間の問題でしょう。遅かれ早かれ、メジャーな検索ワードを征服し尽くしたら、ＯＮＤＯはそういうニッチな分野にも手を出すはず。そうしたら、うるさいファンがかみついてきて、すぐにネットで検証されて……」

「これは……何かマズいニオイがする。元の著作者からクレームとか……まだ来てないいんですよね？」

「でもマズいよねえ、これ。まあ、マズいからウチに降りてきたワケだけどね」

室長も言った。武田さんは頷いた。

「うちの部署的には、表沙汰になったら完全にアウトだっていう判断です。速《すみ》やかな社内調整……お願いできませんかね」

「ＯＮＤＯのほうに通達は？」

「もちろん、既に」

武田さんはため息をついた。既に通達をしたが止まらず……つまり、はぐらかされたり、たらい回しにされたり、誤魔化されたりして、解決に至っていない。

原因は解っている。この会社自身の規模だ。セグメンテーションが酷すぎて、ちょっと聞けば済むことでも、部署が違えば無限の時間が必要になる。担当者の不在。担当者の休暇。担当者に確認して折り返し。その間に十日二十日と時間が経過する。だから誰も責任を持ちたがらない。

逆に言うと、そこを悪用すればいくらでも引き延ばし工作はできる。本社の上層部にコネがあれば異議申し立てそのものをもみ消すことすらもできる。この第二ＩＴ事業部第三デジタル・コンテンツ推進課にあるＯＮＤＯは……確か名前は忘れたがワンマン傾向のある役員が一気に吸収を進めた会社だ。

「あの」おれは小さく手を挙げた。

「社内でしょ。ネットワークの元栓を閉めて、とりあえず外から見えないように隠しちゃうってのは……」

「やりました」武田さんは言った。

「しかし彼らは自社内に独自のサーバーを構築していて、ダメでしたね」

「すっごいなあ」

おれは二度感心した。こんなのはどう考えても、時限爆弾で崩壊するバベルの塔だ。どんな厚顔無恥な連中が関わっているんだろう。たいした度胸だ。

「付け加えますと」武田さんは言った。

「先日、ウチの峰っていう新人が直接状況確認に赴きました。ＯＮＤＯのある十四階に」

「どうなりました？」

「……」武田さんは首を振った。

「以後、音沙汰がありません。二日が経過しています。これ以上はうちでは動けないので、四七ソのほうでなんとか、**社内調整**をと……」

「承知しました」

室長が立ち上がった。その顔つきは険しい。

「十分わかりました。あとは我々の領分です。基本データを頂きます」

「送りました」

武田さんがタブレットを操作した。データはおれと奥野さんの端末にも転送され、通知のバイブがあった。

「じゃ、ＡＳＡＰって事で。二人とも、頼んだよ。**社内調整**」

室長がおれたちを見た。

室長は緊急性を加味して、おれたちにあらかじめ専用のブリーフケースを持たせてきている。ずしりと重い、社内調整専用のブリーフケースだ。

「今からですね？」

「うん、今から。**ブッ殺してきちゃって**」


おれはエレベーターに乗る前に、自分のスマホで海外ニュースとドル円の現在を確認した。なんの問題もなくドルと世界経済は回復を始めている。きっと、ミサイルと米朝開戦によるドル二〇円台説は、どこかのサイコパス野郎の杞憂《きゆう》ツイートだったのだ。

そりゃそうだ。現にもう誰も、オフィスで先週末のミサイルの話なんてしてなかった。本当に核戦争が起こる前兆なら、おれたちは社内調整なんてシケた仕事をしてる場合じゃないだろ？　いや、この会社なら案外、米朝戦争が起こったって出勤催促メールが展開されそうだけど。

おれは一瞬気が緩み、天の高みから地上を眺めているような、安堵《あんど》の笑顔を作った。いや、これはだめだ。奥野さんにそれを気取られないよう、おれは勤務中の真面目な顔に戻り、私用スマホを胸にしまった。奥野さんは社用スマホも私用スマホもいじらず、じっと現在階表示板のＬＥＤの数字を見つめていた。

下りの高速エレベーターは気圧の変化が特にひどい。おれは何度も耳抜きのために唾を飲みながら、東京の遠景を眺めた。

「奥野さん、これで何件めでしたっけ」

「件数ですか?」

「社内調整……」

「三件めですね」

奥野さんは言った。

「まだまだ慣れません。今回も香田さんの胸を借ります」

「いや、とんでもないですよ」

おれは恐縮した。

「奥野さんは人生の大先輩なんで……」

「ははは。そんな。こちらこそとんでもないです」

奥野さんの目は笑っていなかった。

おれはこの人の過去の職歴が気になって仕方がない。室長ですら奥野さんには恐縮した態度で接する。この年長者を扱い兼ねているというよりは、どうも、旧い知人、先輩の類いに接しているような雰囲気がある。とはいえ、そのあたりの詳細を聞けるほど打ち解けてもいないし、現状ただおれは心の中で憶測するしかない。

どうにも居心地の悪い沈黙。

ようやくエレベーターが停止した。十五階に到着したのだ。


おれと奥野さんは目を見かわし、人気《ひとけ》のないエレベーターホールに降りた。ビル外壁を上下する見栄っ張りのエレベーターは、六十階から十五階まで。十五階は全体がオープンになっており、予約制の会議室のためのフロアになっている。ここから下は階ごとにきっちりとテリトリーがわけられている。

この棟の基本構造は、立てたトイレットペーパーだ。芯の部分に階段や階ごとの給湯室、内部エレベーターのホールが集められている。サボり社員は階段を上がったり下がったりしながら、踊り場でバターコーヒーを飲んで時間を潰すわけだ（グラスフェッドの乳牛のバターと有機豆をしっかり攪拌する必要があるらしい。シリコンバレーのイキったナードが「科学的にベスト」とか言いながら編み出した。この十年のウェブ上でおれが見かけたコンテンツのなかで一番くだらないレシピだが、ウチの会社で妙に流行っている）。

この階の下にＯＮＤＯ事業部がある。十四階にオフィスを構えたＯＮＤＯはまず同じ階のオフィスを全て支配して磐石《ばんじゃく》な機密体制を構築、そのまま十三階を呑み込み、十二階を呑み込み、現在は十一階にまでその領土を拡大しようとしている。

「新人社員が帰ってきていないいってのは気がかりです」

おれは奥野さんに説明した。

「物理的な接触を拒まれる可能性があります。完全にフロア自体を連中が掌握《しょうあく》して、ＩＤの合致しない社員を無条件に排除するようになっていると、面倒なんで」

「なるほど。時代ですね」

奥野さんは社用スマホを一通り操作し、頷いて懐《ふところ》にしまった。

「認証ゲートは便利なものですよ。不審な人間はエントランスホールの例の機械式ゲートで弾かれて全て門前払いだ。昔は見知らぬ飛び込み営業が四六時中出入りしていたものでした。スッと入ってきて、売り込みを始めるものですから、面食らいますよ。でもそこから人間関係が拡がる事も稀に……」

「含蓄《がんちく》があります」

「まあ時代ですよ。でも、〝昔は良かった〟なんて事はないです。アレはやっぱりよくなかった。今は押し売りの心配もありません」

「ウチの場合、ゲートセキュリティが、また会社の分断を進めちゃってるんですよ。階の移動のたびにイチイチ申請したり保留されたり断られたりしてたら……」

「先程も仰ってましたね。社内承認のプロセスまわりで、何か嫌な事、ありましたか」

「いや、そういうワケじゃないんですが……」

「時代っていうのは、総じて良い方向に向かってるんじゃないですかね。私、ラタトゥイユが好きなんですがね、ズッキーニなんて売ってませんでしたよ昔は。酒のつまみといえばピーナッツが相場でしたし、このスマートフォンもね……最近のこういうタッチ式のやつは、かえって私ら世代には易しいです。昔のあの、沢山ボタンがついていて、ピコピコしているやつはどうもね」

「ピコピコですか。いやあ、僕も昔のビデオの録画予約とか、今はたぶん全然できませんよ」

「香田さんはお若いですから大丈夫です」

なにが大丈夫なのだろう。おれは訝しみながら会話を繋げた。

「でも、今の新卒なんかは、小学生の頃からインターネットに接している世代ですからね……ちょっと恐ろしいですよ」

「ははは。わかります。……お、このメールは」

奥野さんとおれの社用スマホが同時に揺れた。画面には「ナビ準備ＯＫ」の文字。

「行きますか」

「はい」奥野さんが頷く。

おれたちは骨伝導型の超小型インカムを操作し、鉄輪に通信を繋いだ。

「じゃ、始めるぞ。目的のサーバーは何階だ」

『十三階』鉄輪が答えた。

『だけど直接はダメだよ』

「なんで？　このＩＤは使えないのか？　厳重なの？」

『十四階北側の総務エリアには、それで入れる。だけど十三階サーバーフロアの必要権限はそれじゃ不足』

おれは嫌な予感がした。鉄輪が続けた。相変わらず偉そうだった。

『まずＯＮＤＯのイントラに……端っこでもいいから、アクセスしないといけない。だからまずは十四階の北側総務エリア。そこで十三階にアクセスするためのアカウントＩＤを入手して。ソーシャルでよろしくね』

「ソーシャルかあ」

ソーシャルというのは、ソーシャル・エンジニアリング。

大仰な名前だが、要するに、目的部署に忍び込んで、物理的にパスワードとかを抜いてこいという意味だ。つまり、ダルくて、危険だ。

おれは呟き、奥野さんと目を見かわした。奥野さんは無言のままだ。

「ハア……まあ了解」

『やれンの？　やる気はある？』

「いける。うん、いける。大丈夫だ」

おれは請け合った。気が進まないが、ここは恩を売っておくとしよう。

「メチャクチャ意欲あるよ」

『よろしく。二人で侵入して。私は主に奥野さんのナビを』

「了解」

「わかりました」

奥野さんは律儀にお辞儀を返していた。

通信を終えると、おれは自分の頬をパンパンと叩き、奥野さんに頷いて見せた。

「じゃ、ここからはちょっと〝シメて〟いきます」

「はい」

他の社員とすれ違い、奥野さんが穏やかに会釈した。まあ、この程度じゃ怪しまれることもない。何しろおれたちは、同じＴコーポの共通ＩＤカードを首からブラ下げてるし、ほとんどの一般社員は、四七ソがどんな部署なのかも知らない。知ってるやつは目を背ける。不吉だからだ。

おれたちはまず共通スペース内にあるトイレに移動し、ブリーフケースから「清掃中・立入禁止」のマグネットを取り出して入り口のドアに貼った。これで人目を気にせず準備作業に集中できる。おれたちは広々とした手洗い場で横に並び、各々のブリーフケースを開いた。

まず取り出すのは、強化ケブラーの防弾ウェストコートだ。T社グループの第三ケミカル事業部から支給される備品で、最新のナノカーボン繊維技術だかを応用してる。見た目は普通のスリーピースと変わらない。いや、むしろ高級そうな光沢感もあってドレッシーかもしれない。一見頼りないが、これまで何度も命を救われてる。羽織り心地も良好だ。

おれはグレー、奥野さんは紺色。それをワイシャツの上に着込んでから、革製のショルダーホルスターを装備する。

「じゃあ指差し点検、順次開始しますんで」

「はい」

装着が終わると、装備の指差し点検が始まる。おれが最初に指差し役となり、奥野さんは前習え姿勢のまま、九〇度ずつ右回りに回転してゆく。淡々としたルーチンだが、まあ、やったほうがいいのは間違いない。井上のチームは省略していそうだな。奥野さんの装着作業は手慣れたものだ。

　ホルスターに差し込むのは、サイレンサーユニット着脱可能なオートマチック拳銃だ。弾丸は９㎜×19弾が十九発。三点バーストとフルオートの射撃が可能。グロック18Cを素体にアレンジされ、３Ｄプリンタでプリントアウトされている。銃身は合成樹脂製だが、問題なく使用に耐える。Ｔ社の敷地内で使う分には、表立った問題にはならない。これを一挺ずつ、左右のショルダーホルスターに差し込む。銃口が下だ。

　それから最後に、首から下げたＩＤをＯＮＤＯ社の偽造ＩＤカードに差し替える。一応Ｔ社の傘下に入った時点で、ＩＤカードの複製はＴ社の絶対権威である第一人事部を通して、四七ソに流れて来る。

　とはいえ第一人事部だって全知全能の存在じゃない。偽造ＩＤカードが正しく動作するかは、正直運次第だ。おれの経験上、この手のセキュリティをいちいち厳しく更新している会社は少ない。

「ＩＤカードよし。社内調整用基本装備、十三点すべて、指差し完了です」

「指差し有り難うございます」

「交代願います」

「交代承りました」

次はおれが九〇度ずつ回転し、指差し点検を受ける番だ。なんとも地味でかったるい作業だった。


さて、この手の物騒なものを持参して、おれと奥野さんが何をやろうというのか。その大前提をここで説明しておくとしよう。

「**社内調整**」とは、要は、この巨大社屋内にオフィスを構えているグループ企業が「やらかし」をした時、潜入を行い、暴力とハッキングによって問題を解決する作業だ。

社内調整といえばカドは立たないが、要は問題部署への潜入調査、そして首切りと、問題プロジェクトの後始末だ。第一人事部、その直属たる四七ソの職員は、それが仕事だ。

物騒だろ？　物騒だ。だから嫌われてる。

ただし、スパイ映画みたいな華やかさは、どこにもない。実に地味で冴えない裏方仕事だ。本格的にドンパチやるのが許されるのは、必要な物的証拠を全て揃えて、第一人事部への報告フォームが過不足なく埋められた時に限られる。要するに、地味でどうってことないルーチン仕事の繰り返しだ。この指差し点検みたいに。こんなポスト、一体いつまであるのかね。

特殊すぎて、転職の時には全く役に立ちそうにない。

「ＩＤカードよし。社内調整用基本装備、十三点すべて、指差し完了です」

「指差し有り難うございます」

指差し確認を終えると、おれと奥野さんはジャケットを羽織り、トイレの鏡でネクタイを直して、ブリーフケースを持った。鞄の中には他にもいくつか備品が入っているが、使用後の報告書が面倒なので、なるべくなら基本装備だけで乗り切りたいところだ。

これで準備完了。

おれたちは清掃中マグネットを取り外して、階段に向かった。


まずはここのセキュリティドアを開け、十四階に降りる。スマホの通知を確かめ、ドアノブの上の認証パネルにＩＤカードをかざした。通れば楽だ。ダメなら……やや時間のかかる別のプランが必要になる。

「さてどうだ」

ランプが緑点灯し、カシャンという開錠音が聞こえた。おれは奥野さんに頷いた。うまくいったのだ。まあ、だいたいはこんな感じだ。

おれたちはごく普通の他部署の社員的なそぶりで、リラックスした仕草で互いに会話しながら、十四階の廊下に進み出た。

「ＯＮＤＯ」「ＯＮＤＯ」「ＯＮＤＯ」

壁に等間隔に貼られたポスターはどういう了見だ？

通り過ぎるスーツ姿の会社員に会釈すると、彼らも普通に返す。社員数が少ない企業だともう少し用心が要るものだが、ＯＮＤＯ社はまあ、なんというか、緊張感がないというか、おおらかだ。過去には歓迎会のイケイケドンドンな様子がFacebookにアップされて、そこに写っている奴らが全員それこそ歌舞伎町の明け方をウロウロしている連中みたいだったことで叩かれたりもしていた。要は有象無象の社員数が多くてお互いがお互いをしっかり把握できているとも思えないありさまだ。

鉄輪の事前の見立てでは、ここの案件レベルはＴｉｅｒ：３。一番低い。Ｔｉｅｒ：１はそれこそ専用装備と事前の綿密なブリーフィング、他部署との連携が必要なレベルだが、滅多に起こらない。

おれたち四七ソの〈九人〉（ザ・ナイン）だけでなく、協調関係にある第二健康管理室と第三総務部社内モチベ増進課、さらには第一人事部のエージェントまでもが動員され、多数の死傷者を出した十ヶ月前の「ハイヌーン・カフェテリア作戦」の傷は深く、戦場となった五十五階は未だ復旧のめどが立たずに、立ち入り禁止の状態にある。

Ｔｉｅｒ：１はそのくらい危険だが、一年に一度あるかないかだ。Ｔｉｅｒ：３は今回のように、おれたちのようなツーマンセルが「今からちょっと行ってやってきて」のレベルである。

「とりあえずフロアに入ったぞ」

鉄輪が居眠りしないように細かく報告を入れる。

『把握してる。とりあえずッて何よ』

おれは奥野さんを促し、共に廊下を進んだ。Ｔｉｅｒ：３とはいえ、ナメていたら一発で足がつく。調整先の社員とすれ違う時は毎回かなり緊張する。奥野さんは何かあった時に即行動できるように考えて位置取りをしている。数度の同行でおれはそれを完全に感じ取った。ただ者ではない……のだが、何者なんだろうか。

総務部オフィスはゲートで隔てられていた。おれは普通に偽装ＩＤをパネルにかざし、赤ランプで拒否された。オイ、この階も廊下以外は結局ダメじゃねえかよ。おれは苦虫を噛み潰した。門前払いの瞬間を見た奴はいないが、一応おれは奥野さんと、

「あれ？　ここ、十四階じゃないッスか？」

「間違えたようですね」

という白々しい会話を交わした。これは鉄輪に対する当てつけでもある。

あいつから特に返答はなかった。

まだ慌てる時間じゃない、打つべき手は幾らもある……たとえば……おれはトイレから出てきたロン毛の男性ＯＮＤＯ社員を見た。手ぶらで、ジャケットも着ていない。

おれは奥野さんに目で合図した後、その男性社員の後ろについた。それこそ踵を踏んづけるぐらいの近さだ。

ロン毛はそのまま歩く。おれはその超至近距離を維持する。

あからさまな不審者だが、不審がられる奴は、技術を学んでいないだけの話だ。実際、ロン毛がおれに気づくことはないし、すれ違う奴らも互いに会釈して、そのまま通り過ぎていく。

この状態に入ったおれは、いわば地上を歩む影だ。誰にも気づかれない。

これが**テイルゲート**。

おれは四七ソで、この技術に最も長《た》けている。四七ソの面々は全員、何かしらの異常な特技を持っているが、この超人的なテイルゲートこそがおれの武器だ。生まれながらの適性と言ってもいい。室長曰く、影が薄いからだそうだ。学生時代からそうだったが、こんなところで役に立つなんてな。

ともかく、相手はこの状態のおれを見つけることはできない。身体検査が必要なナイトクラブのセキュリティすらそのまま突破できる。監視員がいない一対一の状態なら、ペンタゴンにだって侵入できるだろう。アメリカに行った事はないが。

男性社員はおれに気づかぬまま、オフィスのドアパネルに吊り下げ式のセキュリティカードをかざした。

緑ランプ。

ゲートが開くと、おれはロン毛社員に続いて入室した。そしておれのテイルゲートの限界時間である七秒が経過する直前……ロン毛の影から離れて、大きなヨガボールの陰に隠れ、ガラスドア越しに奥野さんを手招きした。

『ナイスムーブ』と鉄輪の声。

「どうも」

セキュリティエリアの内側からは、いちいちカードをかざす必要もない。おれは壁のボタンを押し、ロックを解除して、奥野さんを迎え入れる。防犯カメラもあるが、それは鉄輪がうまくやってくれてるはずだ。

「じゃあ五分後に共通エリアで」

「わかりました」

おれと奥野さんは二手に分かれた。奥野さんは鉄輪のナビを受け、このフロアのシュレッダーエリアへと向かうのだ。おれの仕事は？　さっき言った通り、ソーシャルだ。おれはオフィス内を素知らぬ顔でうろつき始め、イントラネットにアクセスするためのＩＤとパスワードを探した。

デスクや打ち合わせスペースの一つ一つがパーティションで仕切られた、広いオフィスフロアだった。あちこちに観葉植物や色とりどりのヨガボールが転がっている。いかにも「いま働きたい会社Ｎｏ・１」みたいなイメージを上っ面だけ具現化したような、そこそこに小洒落た環境だった。おれはその間を歩き、目を光らせる。パーティションの中から気の抜けた会話が聞こえてくる。

「そのパーマ、どこでかけたんスか？」

「代官山」

「いいっスね〜〜〜」

Skypeか電話の音が鳴り、誰かが取り、応答する。またかかってくる。スーパーバイザーとおぼしき男が欠伸《あくび》を殺して伸びをし、どこかに電話をかけようとしている。あの助平そうな口元をみれば、相手先は絶対に女か何かだ。**ザ・ウォッチ**の技能を持つ室長だったら、一発で相手の業種まで言い当てているだろう。だが室長はめったに出動しない。

ともかく、このフロアにいる奴らは皆、自分の業務か、業務のフリに集中している。ここでおれが身を屈めたりすれば、かえって目立ち、不審がられてしまうだろう。逆に言えば、堂々としていれば誰も気にしない。おれはそのまま、さもこの場所に自分が属しているかのように自信満々の足取りで、通路を移動。離席中の机まで歩いていった。

実際、見知らぬ奴がフロアを歩いていることは珍しくもなんともない。急成長部門の常だ。人の回転がアホみたいに早く、席は効率化のためにコロコロ変わる。挙動不審な行動でも取ってなけりゃ誰も注意を払わない。

「どうも」

「どうもー」

おれの挨拶にもこの気軽さだ。もし不審者を見逃しても、それはデスクで働く奴の責任じゃなく、セキュリティの奴らの責任だ。窓やトイレが汚れていたら清掃業者の責任。それと同じ。自分に関係ないビジネスには足を突っ込まないで身を守る。そういう中途半端に頭のいい気の抜けた連中が揃っているのが、こういう会社の特徴だ。

くそったれ、おれだってそんな部門で一年くらいのんびりしてみたいぜ。パーティション机に座って、コーヒーでも啜《すす》り、朝から誰の目も気にせず、スマホで株のデイトレードとかやってみたいよ。いや、今ならビットコインのほうがいいんだろうな。くそッ、ドルなんて買うんじゃなかったぜ……。やっぱり二〇円台なのか。いや、話半分だとしても五〇円台。おれが買った時のレートには永遠に戻らない？　ちくしょう、こんなに世界情勢に振り回される日が来るなんて、半年前は思いも……。

『動き悪いよ』

鉄輪の声が聞こえた。今日も確実にイラついている。

「おっと、ソーシャルだったな」

おれは我に返り、自由に憧れた檻の中の獣みたいな目つきで、獲物を探した。最初のシマに目当てのものはなかったが、鉄輪のナビに従い、次で早くも発見することができた。

『二歩下がって』

「OK」

『もうちょっと右向いて』

インカムに内蔵された小型カメラから、微かなフォーカス音が聞こえた。夢中で賃貸住宅情報HPを閲覧している社員の肩越し、モニタに貼られたソーダアイスみたいな色の付箋《ふせん》をズームアップしているんだろう。こういうのは一人か二人は絶対にやらかしている。

『これで試してみる。そのままブラブラ歩き続けて』

鉄輪のオフィスハック能力は**ショルダーサーフ**。

肩の後ろから覗き見るから、そういう名前がついている。超人的なまでの動体視力と画像記憶能力だ。彼女は「チラ見」したモニタ映像や、スマホ画面、あるいはモニタに貼られた付箋などをまるで画像ファイルのように脳内に大量記憶でき、文字の一個一個まで拡大し、パスワードなどの手がかりを読み取ったりできる。今は遠隔オペレーションに徹しているので、おれのインカムが鉄輪の目の代わりを果たしているわけだ。

「どうだ?」

『ログイン試行中』

「奥野さんは」

『あんたより順調』

鉄輪は外部からONDOのサーバーにアクセスしようとしている。付箋の内容は、社内システムのログインIDとパスワードだ。この手の社内システムはセキュリティの勘所を間違えており、三十日に一度パスワードを変更せねばならず、十世代前まで遡《さかのぼ》って重複していない内容にしなければならない。そんなものイチイチ暗記していられない人間は、こうやってわかりやすい場所に付箋で貼っておくという最悪の事態を起こす。そもそも、どこかの偉いセキュリティ関係の博士が、パスワードの定期変更にはセキュリティ上のメリットはないと何かで述べていた。要は、完全に逆効果なのだ。

では、こういうどうしようもない奴がもしいなかったら? いない事などありえないが、その場合は他の手段に出る。たとえば、離席から戻った人間がPCを操作するのを後ろから盗み見てキーボードの指の動きでパスワードを判別する。たいていの場合は多少の離席ですぐにロックがかかり、復帰させるのにパスワードを打つ必要がある。逆に考えれば、そこがチャンスなのだ。

『……行けた。入ったよ。もう向かっていいよ』

鉄輪が知らせてきた。通信機は骨伝導のシステムで、外部に音が漏れる事はない。おれは意気揚々と総務オフィスから引き揚げた。不審に思ったやつがいるとしても、「あいつは誰だっけ?」と考えているうちに、おれたちは社内調整のシーケンスを次に進めてしまっているだろう。

四七ソは足の速い死神だ。だから嫌われている。

おまけに給料も安い。


おれはセキュリティドアを出て、トイレットペーパーの芯にあたる共通エリアへ。そしてトイレに入り、閉まった個室の前で咳払いした。

「入ってますよ」

中から答えたのは奥野さんだ。

「うまくいきました。降りましょう」

「流石《さすが》ですね」

ドアが開き、奥野さんが現れた。

「奥野さんのほうは?」

「こちらも、うまくいきました」

奥野さんの手には、セロハンテープでつなぎ合わされたシュレッダー文書があった。

これが奥野さんのオフィスハック能力、**ダンプスター・ダイヴ**。

どれだけ細切れにされた書類でも、どれだけ大量のゴミ山の中からでも、クサい手がかりを発見して復元する。地味そうに聞こえるが、その光景はまるで神がかりだ。

たとえば業務用ゴミ袋いっぱいのシュレッダー文書の中に両手をつっこみ、目を閉じて瞑想する。多分精神をダイヴさせているんだろう。少しすると、奥野さんは目的の断片だけを何枚も摑み取ってるって寸法だ。

今回の再生文書を見ると、ONDOプロジェクトに関するなんらかの指示メールと、経理関係の数字が並んでいる。そっちは奥野さんの専門分野だ。

『おつかれさま。今抜いたIDがアクティブになるまで、ここで三分くらい待機して。次はそのまま十三階ね』

鉄輪が素直に労《ねぎら》うのは珍しい。たぶん奥野さんがいるからだ。

「証拠点数はどうだ？　十三階で、どこまでやりゃいい？」

『まだ全然足りてない。いい？　室長の判断と、これまでの進行状況をまとめるね。十四階はさっき北側の総務エリアに侵入したけど、十三階のアクセスＩＤを得た以外は、思った通り、めぼしい情報はあまりなかった。奥野さんの復元したシュレッダー文書の画像は、いま第一人事部に回して解析中。二人はこれから十三階に向かって、ブリーフケースに入ってるＵＳＢメモリをメインフレームの一台に挿して。そしたら、後はこっちの仕事』

これだけ聞くと非常に簡単そうだ。

「見つかったらどうする？」

『既に局地戦レベルの調整許可は出てる』

「その場合でも作戦目標は変わらないのか？　ＵＳＢをとにかく挿せ？」

『そう。侵入者がいたって、この規模のサーバーはすぐには止められないよ』

「オーライ。穏便《おんびん》に成功したとして、その後、おれたちは？」

『そのままサーバーフロアに潜伏。抜いたデータ次第で、室長の判断』

「……最終調整を執行する可能性は?」

『状況次第』

「長くなりそうだ。共用スペースで、熱い缶コーヒーを買ってくる時間は?」

『奥野さん、そいつ殴って』

「はいよ。奥野さん、急ぐとしますか」

そろそろ三分経つ頃だ。去り際におれは鏡を見た。少し髪がハネている。直したいが、時間がなかった。


それからおれたちはやや小走りに階段に向かった。また他の社員とすれ違った。例のFacebookの写真にあるようなイベサー的な社員ばかりかと思いきや、意外とそうでもない。どこにでもいる、ごく普通の若い会社員といった風だ。

Tier:1の会社だと、こうした階段にも赤外線センサーが設置されていて、許可のない人間の階移動をすら制限していることがある。それはそれで、働く側も滅入ってきそうなものだ。セキュリティと仕事環境の快適さはトレードオフという事だろう。

そして十三階。おれたちは踊り場から見下ろした。このまま階段を出て十三階の廊下に進む事はできない。廊下にシャッターが降りているのだ。鉄輪の言う通り、サーバーフロアは通常の社員でも入れないレベルだろう。

「もう開けられるか？」

おれは鉄輪に通信した。問題が起きていなければ、鉄輪は先程のＩＤ・パスワードを取っ掛かりにして、既にＯＮＤＯのシステムへの侵入を開始している事だろう。

『どうぞ。すぐ移動してね』

ゴン……シャッターが唸《うな》り、開いていった。十三階は他より暗い。照明が抑えめで、壁越しに聞こえてくるサーバー群の駆動音がまたいやに重苦しい気分にさせる。冷房もめちゃくちゃに効かせてある。おれは吐く息の白さに慄《おのの》いた。

『注意して。そのフロア、外からいじれない部分が多い。予想外のセキュリティシステムがあるかも』

「すぐ移動して、なおかつ注意する。了解……」

サーバールームのフロアだけ極端に守りが厚い。そういうのはよくある。もともと普通の社員が出入りする場所でもないからだ。だが、トイレや自販機がある共有スペースにまで特殊なセキュリティを置くってのは極めて珍しい。ワンフロアを独占するようなイケイケドンドンの部署が、自分たちでトイレ掃除やジュースの入れ替えを毎日やるほど殊勝だとはとても……。

「香田さん。ちょっと、あれ」

奥野さんがおれの肩を叩いた。そして前方の廊下のカドを指差した。るるるる、と音を立てて、廊下を青い蛍のような光が浮遊《ふゆう》している。おれは訝しく思った。心霊現象のようなそれは、るるるる、と鳴きながら、数十センチ空中を動いては静止して、また動く、を繰り返している。

何かが……

「まずい」

ヒュッと音を立てて、光がおれたちを撫でた。

TIK TIK TIK TIK!

浮遊する光が明らかにヤバげな音を発した。格子状のスキャン光が廊下を走った。

「奥野さん！　見られました！」

おれは慌てて判断した。すぐ横手、男子トイレ。とりあえずそこへ！

『十三階でイエローアラート発令。イエローアラート発令。社員の皆さんはオペレーション・マニュアルに従い、適切に行動してください』

フロア内放送が鳴り響き、ガラララ、という強烈な警報音が鳴り始めた。

「マジかよ！　あれ、ドローンか!?　あんなもの導入されてるなんて聞いてないぞ！」

おれたちはトイレに滑り込み、誰もいない事をまず確かめた。

「鉄輪！　鉄輪ァ！」

『どうしたの。えらい血相変えて。やらかした？』

「いきなり喰らった！」

『……ッたく早速かよ』

彼女は露骨《ろこつ》に罵《ののし》った。おれは負けずに、

「いや、事前情報になかったんだよ！　ドローンだ！　ドローン、わかる？　浮遊式の監視システムだぞ？　メチャクチャ小さい、自律式の！　おれたちのせいじゃないって！」

『アーもう、わかる、わかる、わかる。そういう事言ってても始まらないの。とにかく頑張ってね』

「レーザーか何かでスキャンしてやがるし！」

『わかるわかる、レーザーね、頑張って』

「あのドローンのデータを解析してくれ。多分ここのイントラネットに紐づいてるだろ？」

『それはもう始めてる。それより、そこに向かってＯＮＤＯのやつが３人、移動してきてる。対応してね』

既に鉄輪は、ＯＮＤＯのシステムの一部に相乗りをかけているのだ。警備カメラの映像を覗き見して、おれたちをナビしている。

「来ます。装備はスタン警棒。だがあまり緊張感はない。普段から誤報が多いんでしょう」

奥野さんが廊下へ身を乗り出し、素早く要点を報告した。

敵は三人。手にはＬＥＤ誘導棒に似た武器を持っている。タンタンタンタン。物騒な音を発し、赤く発光している。それでわかった。スタン警棒だ。一撃くらえば終わりだ。意識が白く吹っ飛び、のけぞって失禁しながら痙攣《けいれん》し、そのあと身体を丸めて動けなくなる。危険だ。だから、近づかれる前にやればいい。

「ＯＪＴってことで、奥野さんに任せます。赤外線ターゲッターとサイレンサー使用で」

「了解です」

奥野さんはトイレから廊下に飛び出すと、サイレンサー付きの拳銃で発砲した。

BLAMBLAMBLAM!　BLAMBLAMBLAM!

いつ聞いても、堂に入った三点バースト射撃だった。前を歩いていた二人が仰向けに倒れた。スタン警棒が体の上に落下したせいで、右のやつはおれたちのほうにビジネスシューズの靴裏を向け、ビクビクと痙攣した。残った一人は目を見開き、死んだ仲間二人の顔を見てから、逃げ出した。

「残り、イチ。すみません、撃ち漏らしました」

「おれがやります」

スーッ！　おれは息を吸い込んで肺に溜め、引き金を引く。

BLAM!

職務放棄して逃げ出したＯＮＤＯ社員は、そのまま仰向けに倒れて動かなくなった。

「どうします」

奥野さんが額《ひたい》の汗を袖で拭いながら、おれを見る。

「急いで引きずって、トイレに隠しましょう」

おれは拳銃をホルスターに仕舞い、急いだ。奥野さんがおれに続き、二人で手早くONDO社員の死体三つをトイレに隠した。そしてこいつらのIDカードを拝借する。予想外のセキュリティで少しばかり焦ったが、得られるものもあった。

ポジティブ思考でいかないと、やってられないぜ。

「警報とドローンのほうは大丈夫ですか？」

奥野さんが言った。おれは頷いた。

「鉄輪がそろそろ何とかしてくれる頃です」

『十三階でイエローアラート発令中。イエロー……イエローアラート解除。イエローアラート解除。目視確認を経て、不審者は排除されました。通常業務に戻ってください』

「ほらね」

「頼もしい限りです」

『本物のIDが手に入ってよかったね。誰かが気づく前に、サーバールームに急いで。指紋認証は越えられるようにした』

「はいよ、人使いが荒いね」

おれたちは奪ったばかりのＩＤカードを使い、二重の無人セキュリティを越えて、サーバールームへと侵入した。誰も見咎める者はいない。完全な無人だ。キンキンに冷えた真っ暗なフロアに、何百台もの大型コンピューターがお行儀よく整列して、色とりどりのＬＥＤ光が明滅してる。

『いいね、スムーズだよ。そのまま左手に進んで。目標のメインフレームがある』

おれと奥野さんは互いの背中を守り合いながら、銃を構えたまま警戒を怠《おこた》らずに、サーバールームの最深部へと到達した。

「発見した」

おれはＵＳＢメモリを取り出す。そこに貼られた「四七ソ備品・取扱注意」の黄色いテプラシールが、おれの緊張感を高める。拳銃でも白テープなのに、この小さな記憶素子には黄色テープが貼られている。取り扱いを誤れば、四七ソ全体を危険に晒《さら》しかねないからだ。

「端子、どれでもいいのか？」

おれは額の汗を拭いながら聞いた。メインフレームの背面端子には、ＵＳＢ端子がいくつも開いている。

『どれでもいいよ』

スーッ、ハーッ。おれは深呼吸を行いながら、人差し指と親指でマニピュレータのようにUSBメモリの端を摑んだ。奥野さんが銃を構えておれの背後を守り、万が一に備える。おれと奥野さんは目配せし、小さく頷いた。おれは息を止め、狙いを定めて、ゆっくりとUSB端子にそれを挿入してゆく。この作業はいつも心臓に悪い。頼む、ちゃんと動作してくれよと祈りながら、おれは最後までUSBメモリを押し込んだ。

完了。そのまま十秒静止する。異常は起こらない。

やった。おれは息を吐き、汗を拭った。

『二人とも、おつかれさま』

鉄輪の声が聞こえた。ここから先は鉄輪が遠隔操作でデータを吸い出し、それをもとに、室長が次の行動を判断する。

「けっこうかかるよな。井上たちのナビも同時にやってんだろ?」

『ううん、あっちのツーマンセルは半蔵門線が人身事故で止まったんでスケジュールが乱れたから、明日に延期』

「じゃあおれたちの案件を全力で見てくれるってワケか」

『そう。でも時間かかるよ。解析はＰＣの仕事だから。待機してて。本当は共有スペースで待機してもらう予定だったけど、ここのほうがむしろ安全』

「ハーッ」

おれはため息をついて腕をさすった。サーバールームは過酷な環境だ。ここでは人間よりもＩＴ機器のほうが高位のヒエラルキーに属する。だから年中、息が白くなるほどの低温に設定されているし、ろくに掃除されないから埃が多く気管系をやられるヤツも多い。ビルの中にあるから誤解を受けやすいが、マリアナ海溝とかギアナ高地くらい異常な環境で、本来なら人間がいていい世界じゃないんだ。サーバールーム勤務のやつには敬意すら覚える。


おれと奥野さんはそのまま数十分間、サーバールームに潜んだ。

鉄輪は解析とかに集中してるらしく、全然話相手にもなってくれない。おれは一瞬だけ私用スマホのブラウザを開き、ドル円レートを確認した。安定していた。おれの心も寛大になり、何時間でもここに籠もっていられそうな気分だった。

少しして、物音が聞こえた。

「まずいな」

おれと奥野さんは目配せし、臨戦態勢を取った。

「鉄輪、何か情報くれ」おれはインカムに囁きかける。

『定時見回りじゃないね、何だろ。調べてみる』

「おれたちの侵入がバレた？」

『それはない。アラート出てないから。見回りは見回りみたいだけど』

ＯＮＤＯ社員が見回りに来たのだ。定期巡回か？　片方はヒゲの汚いロン毛。もう片方はいかにも意識高そうな感じの生成り白シャツの短髪。やつらは中央部をぞんざいに巡回する。

おれと奥野さんは奴らに見つからないよう、サーバーラックに身を隠しながら、忍び足で歩いた。そして耳を澄ます。

「マジで無意味だよな、この見回り」ロン毛がぼやく。

「ドローンにやらせろっての」

「お前よりドローンのが人件費高いんじゃね？」

「ふざけんなよ。でもなんかさァ、今日やけに見回りも多いし、そもそも十三階に人多くない？　飲み会だっけ？」

「お前知らねーの？　ＯＮＤＯ２・０の最終ローンチやるらしいよ」

「マジで？　予定そうとう早まってない？」

間抜けな奴らだ。その会話は全ておれたちのインカムが拾い、鉄輪に筒抜けになっている。

『いま最終ローンチって言った？　マズいな。ちょっと攻撃は禁止ね。そのアホたちがもっと何か喋らないか待ってみて』

おれは無言で頷く。奴らはおれたちが隠れているとも知らず、雑談を続けた。一つの部署がフロアを完全掌握すると、こうなるのが常だ。最初の数ヶ月はいいが、すぐに緊張感が麻痺する。巨大な怪獣の腹のなかに間借りしている事を忘れ、一軒家で暮らしているつもりになる。

敵の見回り二人はおれたちに気づかないまま、勤務時間中とは思えないムカつく雑談を続けた。

「いやローンチは予定通りだって」

「来月じゃなかった？」

「あー……お前全然メーリングリスト読んでねーな。サカグチさんが一昨日、前倒しリリース決めたんだよ。エンジニアの連中は、二日間くらいずっとツメてたらしいよ」

「マジで？　ミサイルとかで激アツだったから、全然見てなかったわ〜、オッ！」

ロン毛のスマホが振動した。同時に、おれの私用スマホも胸で振動した。おれは心臓が止まりそうになった。幸い、同時に振動したので、気取られることはなかった。

だがすぐにアドレナリンが湧き出し、変な脂汗がダラダラと流れてきた。一般的な通知は確かに全部切ったはずだ。許可したのは、本当にヤバイのとか、ロイターの速報だけ。おい、何が起こったんだよ。今振動するって、Jアラート級だろ。だがおれは拳銃とブリーフケースを握り、スマホ画面を見ることができない。

「何？　速報？　地震か何か？　ミサイルか？」

生成り白シャツが問う。

「ちょっと今読んでるから、待って待って！　エッ？　マジで⁉」

ロン毛のテンションが次第に高くなってゆく。完全に嫌な予感がする。

「トランプ！　トランプ暴言やってくれたわ〜！　下手したら開戦でしょこれ！　すげー！マジですげーわ！　サカグチさんの言った通り！　激アツ！」

「ロイター速報？　俺にも見せろって」

「まだ全然攻撃とかまで行ってないんだけどさ、トランプがキレて、北朝鮮を地図から消し去るとか言ったらしくて、超円高〜〜！　ドル円が直滑降！　下り最速！　下り最速！　ドル、マジで死んだわ〜！　日本経済死ぬってこれ！　日本沈没！　イエス！」

ロン毛のイキった言葉を聞き、おれはハンマーで後頭部を殴られたみたいに目の前が真っ暗になった。呼吸もおかしくなってきた。Ｊアラートとかミサイルじゃない。今すぐ核の雨が降ってくるわけじゃない。そこは良かった。

でもドル円が？　日本が死ぬ？　おれは？　おれの家は？　おれの家族は？　おれの口座は？　この会社は？　年金とか生命保険は？　困惑、恐怖、不安、怒り、いくつもの感情が頭の中で狂ったように渦巻いていた。今にも緊張で吐きそうだった。

「お前、ドル円売ってたの？」

生成りシャツがロン毛に聞いた。ロン毛は顎髭を搔きながら笑った。

「ハイレバで相当売ってる。やベーって、マジこれ。数百万くらい儲かるかも。クルマ買っちゃおっかな。お前、まさか、ドル円買ったりしてないよね？」

「……俺も売ってるよ。かなり売った」

「だよねー！　この局面でドル円買ってるとか脳味噌死んでるとしか思えないよねー！　マジですげーわ！　サカグチさんの言う通りだったな！」

「おいちょっと、いま売り増ししないか？」

「スマホで？　いいねー！　勝負行っちゃう⁉　今夜焼肉叙々苑行っちゃう⁉」

……こいつら、ドル円売ってたのか。しかも勤務時間中にスマホでＦＸ売買してやがるのか。おれは今にも胃を吐き出しそうだった。おれもスマホを操作したかった。せめてドル円レートを表示したかった。だが勤務時間中だし奥野さんも見てる。できない。メンターのおれに、そんな事できるわけがない。

『見回りは二人。交戦は禁止。このまま距離をとって、会話の聞こえる距離で』

いったいドルはどこまで下がった。そもそも何で円高なんだよ。アメリカと北朝鮮が戦争したら、日本が被害受けるに決まってるだろ。何で円高になるんだよ。トランプは何を言ったんだ。あんな奴を大統領にしやがって。銃を握る手がワナワナと震えだした。トランプがいま目の前に現れたら、おれは躊躇《ちゅうちょ》なく引き金を引くかもしれない。

「……おい鉄輪、交戦していいか？　あいつら注意が緊急速報に向いてるから……」

おれは声を潜めて問うた。

「ちょっと、香田さん、もう指示が」

奥野さんが耳元で囁いた。おれはハッとし、すぐにマズイと思った。

『ハァ⁉ 何言ってんの？ 今言ったでしょ。絶対ダメ、隠れ続けて！』

鉄輪をイラつかせてしまった。ひどい凡ミスだ。

悪いのはおれだ。トランプじゃない。おれが悪いんだ。ろくに勉強もせずに成行でドル円なんか買うからだ。身の丈に合わない金額だったんだ。リスクヘッジも何もしてない。頭の中でデジタル数字が点滅する。赤はない。青の数字だけだ。減り続ける。永遠に減り続ける。朝のおれの余裕は消し飛んだ。無理にフタをして覆い隠していた不安が、より大きな闇となって襲ってきた。口座の残り金額を見るのが怖い。脳味噌が熱い。

ダメだ、業務に集中しろ。汗がとめどなく流れてくる。

『解析終わった。でも、ちょっと想定外の事態』

こっちも想定外か。鉄輪の声がおれの耳を右から左へと流れていく。見回りの連中の会話は把握できないが、少なくとも鉄輪と四七ソには伝わってるはずだ。

『奴ら、ＯＮＤＯ最新版の強行ローンチのために動き始めてる。これをローンチされると、主要検索ワードのうち八〇％以上をＯＮＤＯが独占する』

「何故いま強行を？」

奥野さんが問うた。おれたちは移動を続けながらインカムに囁く。

『武田さんの部署がちょっかいかけたから、売り急ごうとしてるんだと思う』

「売る？　どこにだ？」

おれの頭はオーバーヒートしそうだった。

『今度新規でＩＰＯする外部の企業に、ＯＮＤＯシステムを丸ごと売り渡すつもりみたい。その評価額を上げるためにこの２・０をローンチする』

「八〇％の独占なんてしたら、一ヶ月足らずで炎上するぞ」

『その間に売り抜けるんでしょ、きっと。ああもう、恥知らずな連中。ともかく、そんな事絶対にさせないよ。昼までに絶対、最終調整に漕ぎ付けるから』

「ああ、クソ野郎どもの思い通りにさせるもんか」

おれの中で渦巻いていた怒りや嫉妬が、収束を始めた。

「で、どうしたらいい？　ここのサーバーの電源を片端から切るとかか？」

『無理。外部と提携して他のサービス積んでる。強引に破壊なんてしたら、損害賠償モノ。いい、この十三階の構造だけど、北側と南側で分かれてる。北側がサーバールーム。南側がオフィス。たぶん技術系の人間が働いてる。それから事業部長の三木ってヤツの机もここ』

「最初の情報通り、三木ってのが黒幕なんだな？」

おれはブリーフィングの中にあった三木のバストアップ写真を思い出した。脂ぎった顔で、時代遅れの政治家みたいな笑顔を浮かべている。

『そう。いつも通り、もっと上がいるだろうけどね。でも室長の根回しと、奥野さんが復元したデータのおかげで、だいぶ背後関係が摑めてきた。三木事業部長が実質のプロジェクトを動かしてるんだけど、外部のコンサル会社に結構なカネが流れてる。そこから出向してきてるのが、サカグチって男。Facebook でも LinkedIn でも素性が摑めない。室長がこの男のデータ、欲しいって』

すでにだいぶ情報過多だ。

「外部コンサルの情報を、室長が欲しいって？」

おれはまた汗を拭い、息を整えた。そんなオーダーは珍しい。というか、おれが四七ソに入ってからこれまで、室長がそんな指示を出すなんてこと自体が初めてだ。そういや、さっき見回りたちも、サカグチがどうとか言ってた気がする。

『そう、サカグチの机はたぶん十四階の営業側。外部の人間だから十三階には入れない。ここからの作戦だけど、もうすぐ見回りも帰るはず。そしたら、こいつがONDO事業部にいる姿を、カメラで撮影して送って欲しいんだけど、できる？』

「ONDOの最終ローンチは？」

『十五時。まだ時間がある。それまでの時間で、打てる手を打ってみる。ギリギリまで粘ってからONDOを止めて、三木事業部長を拘束。これが最終目標ね。……そっちはその間、できる限りの情報を集めて。もう最終調整の許可は出てるけど、ツーマンセルじゃたぶん手に負えない。敵が多すぎるからね。今はとにかく潜伏して、情報を……』

「解った、やってみ……」

言いかけたおれの肩を、奥野さんが叩いた。無言で入り口側を指差す。


五人くらいの男たちが入ってきた。

ロン毛たちは慌ててスマホを仕舞い、背筋を伸ばす。

「おい鉄輪、何か変だぞ」

「香田さん、どんどん増えてます」

「鉄輪……!?」

インカムが応答しなくなった。

「香田さん、これ」

「滅多にない事ですが、逆ハッキングを受けたとしか」

おれの声は少し上ずっていた。サーバールームに別の声が響いた。

「おい！　侵入者探せ、ボサッとしてんじゃねえぞ！」

おれたちは息を殺し、サーバーラックの陰から様子をうかがった。そして目を凝らす。明らかに他とはオーラの違う奴がひとり混じっていた。具体的に言うなら服が違う。相当カネを持ってる匂いがする。そしてそのせいか、エネルギーに満ち溢れている。

歳は三十代後半。きつめのパーマに顎髭。淡いピンク色の混じったストライプシャツ。シャープなナロータイ。やや艶のあるスーツ上下。小洒落た革のスリッポンを素足の上に履いている。左手にはシボ感のある高級そうなブリーフケース。

「いや、それだったら、ドローンの誤報で……」

見回りの生成りシャツが言いかけた。

「お前はアホか?」

男はブリーフケースから、サイレンサー付きの拳銃を取り出し、トリガーを引いた。

タン、
という音がして短髪が倒れた。

「アホが増えて、処理業者が大繁盛だな」とそいつが言った。

頭を一撃だった。何だこいつ。いきなり発砲したぞ。そのまま部下を数名従え、男はサーバールームの奥のほうへツカツカと歩いていく。取り巻きの一人が「サカグチさん」と言った。こいつがそうか? そうだろうな、と思わせる異様な存在感があった。十四階にいるんじゃなかったのか。サーバールームのある階になんで外部のコンサルが出張ってきてるんだ。サカグチってコンサル野郎は、完全にうさんくさい。

「ちょっと経験のない事態です、臨戦態勢で」

おれは奥野さんに言った。サカグチはおれたちの手口を全て解っているかのように、一番防御手薄なメインフレームのほうに向かった。つまり、おれたちがさっきまで作業していた台のことだ。

そして、さも当然のようにUSBを発見し、引っこ抜いた。

何かがおかしい。完全におかしい。

「三木さん、どうなってんですかァ?」サカグチが言った。

「握り潰せてないですよォ。第一人事部のイヌが混じり込んでますよォ！　屋上にヘリ着けてくださいねェ！……ハァ!?　今すぐだッての！」

屋上にヘリ？　三木と逃げるつもりか？　いや、いまサカグチの奴、第一人事部の名前を出さなかったか？　外部のコンサルのくせに？　何でそこまで知ってるんだよ？　おれの疑念が入り乱れる中、サカグチはスマホで連絡を入れると、周りの手下たちに命令した。

「今すぐローンチ始めるぞ！　既成事実にしちまえ！」

今すぐＯＮＤＯ２・０を？　それはもっとマズイ。鉄輪にこの声は届いているか？　いや、それより何より、いま世界経済はどうなってるんだ？　円高か？　ドル円いくらだ？　おれの未来はどうなってんだ？　確かにそんな凄い仕事じゃないが、大して高くもない給料で、社内調整で身を危険にさらして、神経すり減らして、でも社会に誇れる何かを作るわけでもなく、どっかの部署の不正の始末ばっかりやらされて、こんな仕事に意味は……。

「あッ」

ロン毛の声だった。いつの間にか前方にロン毛がいて、おれたちを指差していた。

「あッ」

おれも間抜けみたいにそう返し、咄嗟《とっさ》に発砲したが、狙いはめちゃくちゃで、サーバーラックの金属部で火花が散り、ロン毛は廊下に逃げた。サカグチと取り巻きたちが気づいた。おれと奥野さんは脱出を図った。やみくもに銃弾をバラマキながら。おれは時々後ろを振返り、威嚇《いかく》射撃を行った。

サカグチは微動だにせず、銃を構えていた。そして射撃した。

奥野さんの呻《うめ》き声が聞こえた。被弾したのか。

「大丈夫です、いけます……！」

奥野さんの声が聞こえた。おれは援護射撃を続け、奥野さんを先に逃がした。

銃弾はおれのこめかみもかすめた。一瞬だけ熱したカミソリをあてられたみたいな痛みの後、どろりと血が流れた。次に、後ろからの銃弾がおれの左肩甲骨のあたりにも命中した。防弾ウェストコートの範囲内だろう。そう願った。

おれの視界はぐるぐると回転を始め、狂った銀河みたいになった。ブレーキの壊れたスペース・マウンテンみたいに、暗闇の中でサーバー群のＬＥＤの明滅が軌跡を描いた。サーバールームの入り口で、奥野さんが待っているのが見えた。

逃げ込んだ先は、無人の女子トイレ個室だった。すぐに追っ手がくるし、あいつは屋上へリからまんまと逃げ出すだろう。肩の傷が痛む。こめかみの傷は浅く、血は止まっていたが、ワイシャツはもう血だらけだった。

おれはタイル床にへたり込み、備品拳銃を落とした。スマホがまた揺れている。それを見るおれはもう死んだ魚の目だ。ドルは一〇七円台に突入した。それで？　円高の理由は？　アメリカに上陸したハリケーンのせいらしい。ハハハ……。ワケがわからない。

もう終わりだ。こんな世界情勢で、おれの仕事にはなんの意味もない。あまりにもちっぽけで、ばかばかしい。社内調整したって、次の軋轢《あつれき》、次の不正が出てくるだけだ。今回の調整だって、もうダメかもしれない。あいつらが言ってたように、日本経済は沈没するんだろう。妻も去年くらいに確かそう言ってたよ。でもどうしたらいい？　毎日クッソ忙しい中で、英語もろくに出来ないおれが、何しろってんだよ？　おれは半分逆ギレで、とりあえず数ヶ月前からドル円を買い始めた。特に確信もなく、何となく、値ごろ感で。そしたら一万円くらい儲かったんで、調子に乗って勝負に出た。

その結果がこれだ。これは裁きなんだろう。

「奥野さん……もうダメです。米朝開戦ですよ、これ……」

「……？　そういうニュースが？」

「いや、おれ、そういうの詳しいんです。前兆を……嗅ぎ分けられるんです。いいですか、それに先行して円が買われてるんです。トランプの暴言、そしてアメリカのハリケーンです。これは全部つながってるんですよ、きっと。この隙をついて北朝鮮が先制攻撃するに決まってますって。そしたら、きっとドル円も今日の夜には底が抜けて二〇円台に……」

おれは気がどうにかなりそうで、頭を抱えた。惨めすぎて、笑い声が漏れた。

奥野さんは個室の隅に立ったまま、黙りこんだ。

フゥーッ、と息を吐いた。何種類も、おれに掛けるべき言葉をシミュレートし、そのたびに自分の中でダメ出しをしてるようだった。おれは最低のメンターだ。どんなひどい罵倒だって、いっそ殴られたって当然だ。

その沈黙は何時間にも感じられた。

奥野さんはとうとう、言いづらそうに、口を開いた。

「……そんなのは、ただの売り仕掛けですよ。アメリカ市場が祝日で休みだから、株系の売り方が恐怖を煽ってきてるだけです」

「エッ」

おれは思わず、自分の耳を疑った。

奥野さん、いま、何を？

「自分も、そういうのは、経験してるんで、解ります」

「エッ……？」

「昔、原油先物などを、やってまして」

「原油先物を……！」

おれは絶句した。先物はドル円など足元にも及ばぬ魔界だ。おれが憧れていた株デイトレードのさらにその先にある、ビットコインにも等しい、いや、それよりもワケのわからない魔界だ。おれにはどうやって原油の先物取引を行うのかすら想像もつかない。

その境地に奥野さんはいたのだ。この温和そうで、物静かで、謙虚な奥野さんが。

奥野さんは罪を告白するように続けた。

「自分、調子に乗りまして、リーマンショックで、焦げ付かせました。それで、妻に愛想を尽かされまして。まあ、今でも相変わらず株なんかやっているんで、多少の勘は働きます。こんなの、なんの自慢にもなりませんが。お恥ずかしい」

「そう……だったんですか……」

「いいですか、香田さん。アメリカとか、ドルとか、マクロ経済も大事かもしれない。この国が十年後どうなって、その時家族がどうなってるかも大事でしょう。でも今は、任された仕事、しましょうよ。勤務時間中は、仕事、しましょう。どんなに無駄ばっかりで、理不尽ばっかりで、報われなくても、仕事は仕事ですよ」

奥野さんはおれの肩を叩き、勇気付けてくれた。おれの意識が高まっていく。

「こんな地味な仕事でも、きっと、誰かの役には立ってるんです」

「はい……」

おれは少しだけ涙声になっていた。何て情けないメンターなんだ。だが奥野さんの言う通りだ。そうだ、勤務時間中は仕事に集中する。おれはいつしか、T社という巨大な迷宮の中で、会社員としての本質を見失ってしまっていたんだ。サーバールームにいた見回り野郎どもと同じ罠に、いつのまにか、おれ自身も嵌《はま》っていたんだ。

家族のため？　将来のため？　違う。

全部自分を偽るための、嘘だったんだ。全てを他人のせいにしていた。

「すみません、香田さん。何だか、偉そうにしてしまいました」

「いや、いいんですよ。おれが悪いんです」

おれは私用スマホの電源を完全にオフにして仕舞い、「四七ソ備品」のシールが貼られたオートマチック拳銃を握り直した。

「……じゃあ、やりますか」

「やりましょう」

仕切り直しだ。これが最後のチャンスだ。

職務を果たす。クソ野郎どもの思い通りにさせるものか。

日本が沈没しようが何だろうが、この際どうでもいい。

火事場泥棒みたいなことをする奴らの思い通りにはさせない。


「いいかウジ虫ども！」

十三階南側オフィスフロアの中央で、サカグチは天井に向かって一発発砲し、足元のヨガボールを蹴った。ヨガボールは跳ね、観葉植物を転がした。

社員らはごくりと唾を飲んだ。

「四七ソの連中がこのフロアに紛れ込んだ！　いいか、俺と三木さんが屋上に逃げるまでの間、お前らで時間を稼げ！」

「逃げる⁉　なッ、何でですか⁉」

新卒らしい徹夜明けの若者が声を震わせる。サカグチは睨《にら》みつけた。

「アア？　そんなモン、決まってンだろうが！　ＯＮＤＯのせいだよ！　お前らも薄々気づいてたろ⁉　こんなモンがいつまでも持つわけないってな！　ハハハァ！」

「アガッ！」

サカグチは若者の口に銃をねじこみ、黙らせた。これまで末端には一度も見せた事のない、悪魔のような本性であった。

「いいなウジ虫ども！　ここで四七ソを消せ！　揉み消せば、また一週間くらい時間が稼げるぜ！　そうでなきゃ、お前らも巻き添え食って、全員今日のうちに首切りだ！　いいな！　ハハハァ！　気合入れろよ！　住宅ローン、組んでんだろォ⁉」

「ハッ、ハヒッ！」

若者が前歯でカチカチと銃身を噛みながら、涙目で合意した。

その時、エレベーターホール側からロン毛社員の叫び声！

「サカグチさん！　見ッ！　見つけましたッ！　奴らトイレに隠れ……！」

BLAM!

銃弾がロン毛の眉間を背後から貫いた。

ロン毛の死体は真っ赤なヨガボールの上に倒れ、大きくバウンドして、パーティションを薙《な》ぎ払った。何が起こったのかも解っていないようだった。

セキュリティドアを越えさせてくれてありがとうよ。

「なッ、何だ!?」

ドア近くの机で業務していた奴らが、ロン毛の死体を見て騒ぎ出した。

おれはテイルゲートを終え、開閉ボタンを押した。そして奥野さんを招き入れる。

鉄輪がこの一部始終を監視カメラ映像で見てることを祈りながら。

「……全員、業務活動を直ちに停止せよ！　我々は四七ソだ！」

おれたちは右手に拳銃、左手にブリーフケースを構え、オフィスフロアへと姿を現した。

地獄の死神のような足取りで。

「ＯＮＤＯ事業部の存在は社内倫理規約第四条に反するという、物的、電子的証拠が揃った！」

社内調整最終フェイズのマニュアル通り、おれと奥野さんは宣告を行った。

「「これより直ちに社内調整を開始する！　抵抗する者は全員この場で容赦なく調整する！　これは最終調整だ！　繰り返す！　これは最終調整だ！」」

おれたちは全方位のコンプライアンスに配慮しながら、お定まりの宣告文を叫んだ。これを告げる時は、いつも胸が痛い。若い奴らがそれで数名、戦意喪失し、机の下に隠れた。ありがたいことだ。皆このくらい聞き分けがよけりゃいいんだが。

「ひるむな、ぶッ殺せ！」

サカグチが命じた。

まあ、そうなるよな……！

「「「ウオオオオオオ――――ッ！」」」

ＯＮＤＯ事業部社員数十名は、一斉に机の引き出しを開け、３Ｄプリント・オートマチック拳銃や３Ｄプリント・カタナを取り出した。

やるしかない。交戦開始だ。

「左右に分かれていきます……！」

おれは銃を前方に向かって構え、奥野さんに小さく呼びかけた。

「はい……！」

奥野さんも銃を構え、恐ろしい顔で返した。人を調整する時の顔だった。おれも今、きっと、同じような顔をしているんだろう。


BLAM！


二人の銃弾がほぼ同時に放たれ、突っ込んできたＯＮＤＯ社員二人を倒した。急ごしらえの武器で武装したところで、おれたち本職の敵じゃない。それでも奴らは向かってくる。危険の皮膚感覚ってやつが足りないのかもしれない。

「抵抗を止めろ！」

おれは叫びながら前進し、防弾パーティションから出てきたばかりの奴を銃弾で三人調整した。奥野さんも二人、左側のパーティションの前で調整したようだった。

「くたばりやがれーッ！　首切り死神どもめーッ！」

マフィアみたいな風体《ふうてい》のスキンヘッド社員が机の上に飛び乗り、ソードオフ・ショットガンを構え、パーティション越しにおれを狙った。

BLAM!

おれは防弾ブリーフケースを掲げて散弾を防ぐと、顎下からスキンヘッドの頭を撃ち抜いて調整した。スキンヘッドは屏風みたいなパーティションの上に倒れ、そのまま床に死体を晒した。

だが、まずいな。パーティションが倒れ、おれの姿が敵から丸見えになっていた。

「撃て！　撃て！　撃ち殺せーッ！」

西側の島、チームリーダーらしい茶髪ピアスの命令のもと、拳銃を構えた社員四人が観葉植物や机の陰から低姿勢で銃を構え、おれを狙った。当然、その銃弾はおれの腰から下へと集中する。

BLAM!　BLAM!　BLAM!　BLAM!

おれは素早く、スキンヘッドが乗っていた机の上に飛び乗り、横に一回転して立ち上がった。足がエメンタールチーズみたいになるのは御免《ごめん》だ。奴らの銃弾は一瞬遅れて、ハーマンミラー製の椅子に命中。中古業者も値をつけないようなジャンク品に変えた。

「ちくしょ……うがッ！」「ぐうッ！」

反対側で立て続けの呻き声。奥野さんも順調に調整を進めているようだ。

「クソが！」「二人だ、二人！」「こっちは何十人いると思ってんだ！」

連中も本腰を入れてくる。オフィスフロアを怒鳴り声と銃声が満たす。

「抵抗止めろ！」

おれは叫んだ。

BLAM!　BLAM!　BLAM!

そして横並びになった机の上を歩きながら銃を撃ち、歯向かう敵を次々に調整していった。

高所の利だ。

「あいつを仕留めろ！　若いほうだ！」

サカグチがおれのほうを指差して命令を飛ばしている。一ダース近い拳銃がおれに向けられる。おれは机から飛び降り、パーティションの横で銃弾を交換してる迂闊なメガネの後ろに立った。

「アッ、どこだ⁉」「あいつ、どこ消えた⁉」

BLAM!

「アウッ」

おれはテイルゲートに入った。そうとう集中力を使う。変な汗がダラダラ流れてくる。だが背後を取ればおれの気配は完全に消え、敵は目標を見失って混乱する。

「エッ?」「消えた?」

BLAM!

「アウッ」

おれは飛び石みたいに順番にテイルゲートと調整を繰り返す。今日はだいぶキレがある。周りの奴らもおれに気づかない。そこを背後から調整する。発砲したらさすがに気づかれる。あとは繰り返しだ。

BLAM! BLAM! BLAM!

テイルゲートの猶予《ゆうよ》時間はせいぜい七秒。こういう使い方をする時は、十分すぎるくらい長い。

BLAM! BLAM! BLAM!

どうにか六人ほど立て続けに調整した。だが敵は依然として多い。このままじゃキリがない。黒幕のサカグチに逃げられてしまう。

おれは危険を承知のうえで、テイルゲートを解いて再び机の上に飛び乗った。銃弾が足の間をかすめる。防弾ブリーフケースを構えながら、三パーティション先のサカグチを直接狙った。

サカグチは部長デスクのPCをいじり、何らかのデータを抜き出しにかかっているようだ。

おれは目を凝らした。何てこった。その横で、三木事業部長はすでに頭を撃ち抜かれ、床に転がっていた。トカゲの尻尾切りだ。サカグチのほうがトカゲ本体だったって事だ。

なら、すべき事はひとつだろ。

まだ距離があり、難しいと解っていたが、いちかばちかだ。

おれはサカグチを直接狙った。

BLAM!

銃弾がサカグチの頭めがけて飛ぶ。だがサカグチは黒い防弾長財布を構え、それを遮った。防がれた。しかもブリーフケースじゃなく、長財布で。只者じゃない。さらに、おれに向かって発砲してきた。

BLAM!

「くそッ」

反撃を予想していたおれは、咄嗟に机の上で身をかがめ、防弾ブリーフケースで身を守った。

「あいつを殺せ！」

サカグチが叫ぶと、新たな悪漢どもが机の上に乗り、拳銃やカタナを構えておれに向かってきた。まったくキリがない。おれはマニュアル通り、警告を発した。

「第一人事部の寛大な措置にその身を委ねろ！　第一人事部の慈悲《じひ》か、そこの外部コンサルタントの言葉か、どっちを信じる!?」

「人事部なんざ、信じられるかァーッ！」

全身をユナイテッドアローズでキメた髭の社員が突撃してきた。

もっともな意見だ。

BLAM!

おれはそいつの胸を撃ち抜き、そこから激しい乱闘が始まった。横並びオフィス机の上に置かれていた書類や、ガンダムのフィギュアや、謎のハイセンスな縫いぐるみや、ペットボトル飲料のオマケなどが、めちゃくちゃに蹴り飛ばされて宙を舞った。反対側では奥野さんの突撃でパーティションが破壊され、かなり風通しがよくなっていた。

あと少しで、一気に防衛ラインを突破して、サカグチのいる場所まで迫れる。

そう思った瞬間、前方に見覚えのある光が何個もチラついた。そして銃弾が飛んできた。

「くそったれ、またあのドローンか……!?」

その通り、サーバールームでおれたちを出迎えた、あの厄介《やっかい》なドローンだ。十数機以上。

そして妙に正確な攻撃だ。サカグチの近くに、VRゴーグルをつけた奴がいるのが解った。

おれは奥野さんに警告の叫びを発すると、防弾ブリーフケースを構え、斜め上方からの射撃を防ぐことに徹した。

BLAM! BLAM! BLAM!

おれは空中に向かって応戦した。だが操縦されて軽やかに飛び回るドローンに対し、弾丸はそう簡単には当たらない。

BLAM!

ようやく一発がドローンの飛行ユニットに命中し、墜落させた。

だがこのままじゃマズい。ツーマンセルじゃ火力が足りない。インカムを破壊されて、ナビも聞こえない。ああ、解ってたさ。二人じゃ厳しいってな。

ちくしょうめ、鉄輪のナビが恋しくなるなんて。

反対側からは、奥野さんの呻き声が聞こえた。ドローンの射撃を背中に受けたのだ。そこを狙い、ダニー・トレホみたいにいかつい中年正社員が銃を構えて襲いかかる。おれは防弾ブリーフケースで銃弾をしのぎながら、なんとかそいつを遠隔射撃で調整した。

これ以上は持たないな。おれはそう考えた。突っ込むしかないか。労災保険、下りるといいな。おれは妻子の顔を頭の中に思い浮かべ、今夜のマイリトルポニーが見られなくなることを娘に詫《わ》びた。本当、おれは最後まで身勝手なやつだったと思う。

おれはブリーフケースを構え、立ち上がり、被弾を覚悟で机の上を駆け始めた。

その時。ひゅううッ、と甲高い音が鳴った。

ひゅうう、ひゅるるるる。

次の瞬間、ドローンが火花を散らして墜落していった。続けざま、また音。二機めのドローンが墜落。予想外の事態だ。おれも一瞬足を止め、背後からカタナを構え追いすがってきていたONDO社員二人を調整した。

「何だ！　何でドローンが落ちてる⁉︎　撃たれてないぞ！」

サカグチが叫ぶ。

「わ、解りません！」

ONDOエンブレムのVRゴーグルをかけた操縦手たちが、コントローラーを握りながら返す。ひどい混乱だ。

「つッ、通信障害です！」

また音が聞こえた。おれはそれが精密にコントロールされた指笛の音だと気づいた。

「香田さん、この音……！」

奥野さんが気づいた。

「井上か⁉︎」

おれはオフィスの反対側、つまり敵軍の遥か後方を見た。そこにいたのは、やはり井上だった。

奴のオフィスハック技能は、**パイド・パイパー・ジョン**。

特異周波数の口笛を吹いて、電話回線やT社内線システムすらハックしてしまう。どうやらこの音波攻撃は、ドローンを狂わすこともできるようだ。

「大丈夫スかぁ⁉　鉄輪さんから、香田さん、めちゃくちゃ苦戦してるって聞いたんスよォ！」

井上は相変わらず余裕をカマしていたが、表情はかなり真剣だった。横にはアスカンを引き連れている。アスカンはサイレンサー拳銃と防弾ブリーフケースで、必死に井上のバックアップを続けていた。

「ひいッ！　ぞ、増援⁉」

「四七ソの奴らが四人も⁉」

おれは敵の混乱を見てとった。

「一気にいきますよ、奥野さん！」

おれと奥野さんはサカグチに向かって突き進んだ。

ほぼ同時に、サカグチはPCからデータディスクを抜き終えた。そして、PC本体に手を触れた。次の瞬間、おれは耳鳴りがし、視界が微かに揺らいだ。

凄まじい火花が散った。

連結されたＰＣが四台、サカグチが触れているものから順番に、爆発していったのだ。

おれは映画みたいにスローモーションになった視界の中で、直感した。こいつはまずい。

サカグチはオフィスハック能力者だ。テイルゲートなんか足元にも及ばない。パイド・パイパー・ジョンも厳重監視対象だが、それより遥かにやばい奴だ。あいつの憎たらしい笑みが網膜《もうまく》に焼きついた。

「……**ザッパー!?**」

咄嗟におれは防弾ブリーフケースで身を守った。それでも衝撃で数メートル吹き飛ばされ、観葉植物を巻き込みながら床に転がった。サカグチの近くにいた連中も、わけがわからないまま、耳や鼻から血を流して倒れ、シェルショック状態の兵士みたいに天を仰いでいた。

爆風で窓ガラスが何枚も割れていた。そこから物凄い音と風が入り込んできて、廃墟みたいに変わったＯＮＤＯオフィスには、Ａ４書類の紙吹雪やゴミクズに変わったＯＮＤＯフライヤーが飛び交っていた。おれは平衡《へいこう》感覚を失い、うめきながら立ち上がった。

サカグチを探した。だがオフィス内には奴の姿が見えない。

おれは燻《くすぶ》るＰＣ群を見ながら確信していた。サカグチは**ザッパー**だ。

接触した任意のオフィスＩＴ機器の演算能力を生体電磁気によって極端に減衰、またはオーバークロックさせる。そのまま回路暴走させ、過熱ショートさせることも可能。

「……なんで……敵に**ザッパー**がいるんだよ……」

井上がアスカンに助けられ、立ち上がりながら呻いていた。

「えっ、マジかよ」

「ああ、あいつは間違いなく……」

だが、おれと井上の言わんとするものは食い違っていた。

井上が窓のほうを指差して言った。

「ヘリだ……」

おれはまだ耳鳴りが続いているのかと思ったが、違った。

本当にヘリがいた。サカグチが割れた窓からそこに飛び乗っていた。

おれたちは銃撃を行ったが、無駄だった。あらかじめ屋上に待機させていたんだろう。ヘリはそのまま、成田の方角に向かって飛び去っていった。

残念ながら、ここまでだ。これ以上事を荒立てると、警察沙汰になる。飛行機の便を止めるなんて、おれたちの権限じゃとてもできない。四七ソと第一人事部の権力が及ぶのは、あくまでT社とその関連グループ敷地内だけなのだ。

もう残っている奴らに抵抗の意思はなかった。全員武器を放り捨て、両手を頭の後ろに当てたまま、壁を向いて膝立ちの姿勢を取っていた。彼らに第一人事部の慈悲あらん事を。

おれは奥野さんと視線を交わし、頷いた。

納得のいかない幕引きだった。数々の謎が残されたままだ。

だが少なくとも……ONDOシステムは停止し、T社のコンプライアンスは守られた。

井上がおれにインカムを寄越した。

鉄輪の声が聞こえた。あいつもだいぶ動揺していた。

Epilogue

「いやあ、大変だったねえ、香田ちゃん。まあそう怒んないでよ」

室長はおれにインスタントコーヒーを淹れ、その紙コップを手渡してきた。

「怒ってないっすよ」

おれは怒っていたが、別に室長に対して怒っているわけではなかった。

「あんな奴が関わってるんだったら、最初からツーマンセルなんて危険すぎたんですよ」

「まあまあ。武田さんだってその辺、知らなかったんだからさァ、みんな被害者だよ」

室長は机に座った。おれはまだ食い下がり、その前に立ったままだった。

「ほんとに、誰も知らなかったんですか？　第一人事部も？」

「そう、第一人事部ですら知らなかった」

「あいつ、誰なんです？」

「サカグチってのは、元T社グループの社員でねェ……」

「**ザッパー**ですよね?」

「うん。四七ソの前身《ぜんしん》みたいな部署にいた。勿論《もちろん》、昔とは見た目も名前も違ってるけど……。うちに恨みとかあったんじゃないかなァ。それか、単純にうちの中身を知ってるから、悪さしに来たんでしょ」

室長は分厚いメガネを拭きながら語り始めた。

「ま、そういうわけで今回の調整業務は終わり。もう質問ないでしょ? 新人の峰くんも、十四階営業部のリストラ室に監禁されていたんだって。あと数時間遅かったら、処理業者に運ばれていたらしいよ。武田さん、そうとう喜んでたって。峰くんからサカグチの情報も何か得られるかもしれないし、うちの部的にもラッキーだったでしょ」

「……でもですよ。室長、あいつのこと」

おれは室長がサカグチと面識があったのではないかと問い詰めようとし、やめた。仮に答えを聞いたところで何になる。

「今後は第一人事部が再発の防止に努めるって言ってるからさァ。男見せてよ、香田ちゃん。ここはグッとこらえてやろうじゃない」

「……わかりました……」

おれは全く納得していなかったが、これ以上室長を詰めても意味はない。おれは室長の机から離れたが、そのまま所在なく、手に持った紙コップコーヒーを眺めていた。網膜の奥には、まだあのサカグチの野郎の勝ち誇ったような笑みが焼きついていた。クソッタレ。あの野郎、高そうな革スリッポン裸足で履きやがって……カネ持ってそうだなあ。ビットコインとかも買ってるんだろうなあ。

「何してんの、おやつタイムだよ」

鉄輪の声で我に返った。鉄輪はチョコラBBドリンクの蓋《ふた》を捻《ひね》り、細いストローを挿していた。そうか。おれは時計を見た。午後三時は強制的な休憩タイムだ。壁にもでかいポスターが貼ってある。三年前に、四七ソの親睦のために室長が制定したらしいが、実際はみんな自分のスペースでおやつを食いながら、音楽を聴いたりSNSをするだけだ。

「おやつ食べなよ」

これ以上オフィスを重苦しくすんな、空気読めよ、と鉄輪の目が言っていた。

「……解ったよ」

おれは肩をすくめて降参した。健康管理室で手当てされたばかりの左肩が痛んだ。奥野さんもそれに続いた。悪い事したな、と思った。おれが室長にかみついてる間、奥野さんもずっと無言で立ってたわけだから。そうとう居心地悪かったと思う。

おれは共通おやつスペースから期間限定のたけのこの里モモ味を選択し、紙コップコーヒーを持って自分の席に戻った。

鉄輪のおやつは、ゼロカロリーの変なグミだった。

室長はコーヒーを啜りながら、いつもより少し深刻な顔でPC画面を睨んでいた。

井上はアホなので堅あげチップスを騒々しく齧《かじ》り、アスカンは砂糖のたっぷり入ったチルドコーヒー。若いっていいな。他の奴らは出張中だ。

隣の奥野さんは今日も、梅昆布茶におまんじゅうだった。滅茶苦茶渋いと思った。

「おつかれさまでした」

おれは椅子に座ると、奥野さんに色んな感謝を込めて一礼した。

「どうも、おつかれさまでした」

奥野さんも座ったまま、深々と一礼した。そしておれたちはお互い、特に何を話すでもなく、自分のPC画面のほうに向き直った。おやつを食い終わったら報告書の時間だ。今回の調整の報告書作成だけで、二、三日は潰れるだろう。半分くらいはたらい回しの無駄な作業だ。さっさと片付けよう、次の調整がおれたちを待っているはずだ。

「じゃあ、とっとと報告書仕上げて、また頑張りますかァ」

だがPCをつけると、あのオンライン研修画面がおれたちを待っていた。

『様子がおかしいユンを問い詰めると、巨額の投資事案を独断で進めている事がわかりました。その新興企業の主要株主はロシアに在住しており……』

おれは完全に労働意欲をくじかれた。今日の仕事にすら、何の意味があったのかと思い始めた。徒労感がグッと肩にのしかかった。

「全くこの会社、変だよなあ……」

おれは思わず、ため息まじりに言った。

「そうですね」

奥野さんがそう言った。確かに言った。おれは驚いた。

「あ」

「あ、すみません」

奥野さんはハッとして謝った。

「いや、こちらこそすみません」

おれも何故か謝っていた。鉄輪がケラケラ笑っていた。

まだ奥野さんとはサシで飲んだ事がない。今度、飲みにでも行って、仕事の話をしよう。

それだけじゃなく、ちゃんとお礼を言って、投資の話でもしてみよう。家族の事とかも。おれはたけのこの里を咀嚼《そしゃく》しながら、そう考えた。だが今夜じゃない。

今日は娘のマイリトルポニーに付き合う日だ。

to be continued……

HACK#2　ミニマル製菓の社内調整　2018.03

T社第六IT事業部。新規事業開拓課、第三フィンテック活用推進室の白大理石エントランスホールには、Suica改札のような磁気カード接触式のゲートが二つ。

今は両方とも赤信号。ちょっと妙だった。誰も入れたくないのか。

「おはようございます、いらっしゃいませ」

青いスカーフの受付嬢が、おれたちに気付いてインフォメーション台から声をかけた。

どうも手元が怪しい。仕事をサボってファッション雑誌でも読んでいるのか。

「おはようございます」

前を歩く奥野さんが、小さく一礼する。一方、おれは挨拶せず、手元のスマホをいじる。

「アポイントメントはございますか?」

受付嬢が笑顔で問いかける。高天井のホールにいるのは彼女だけだ。

「はい。こちらは記帳式ですか?」

奥野さんが答え、記帳台のほうに向かった。受付嬢の目は当然、そちらに向く。

そこでおれは動き出した。

「悪いけど、急いでるんで通らせてもらうぜ。**四七ソだ**《よんななそ》」

おれはフラップを蹴り壊して、強引にゲートをくぐろうとした。自分でも驚くくらい乱暴に、これ見よがしに。

「死神め……！」

聞こえたのは、おっかない声だった。

受付嬢が舌打ちし、海外ファッション誌の下に隠していた何かを掴み取っていた。

３Ｄプリントされたソードオフ・ショットガンだ！

BLAMBLAMBLAM!

ほぼ同時に、記帳台の前にいた奥野さんが、振り向きざま、受付嬢の頭を三点バーストで撃ち抜いた。

「ンアーッ！」

BLAM!

間一髪。ショットガンの狙いは逸《そ》れ、散弾はおれの斜め上のほうに飛んで、黒大理石の壁に掲げられた変な現代アート風の絵をズタズタに引き裂いていた。もっと現代アートっぽくなったんじゃないか。

「奥野さん、ナイッシューです」

「うまくいきましたね」

連携もだいぶ板についてきた。

奥野さんが上司という設定は鉄板だ。ただでさえ貫禄《かんろく》がある。見張りの目は、たいてい奥野さんのほうに向けられる。おれはその後ろにいて、上司の目を盗んでスマホばっかりいじっている、無能な若手社員ってとこだ。

まあそれでなくたって、影が薄いんだが。

「受付嬢まで武装してるってことは、間違いなく、六三フィンはクロですね」

「踏み込まれれば徹底抗戦する構え、と」

「そうなりますね。シンプルだけど、力押ししかない案件ですよ」

「もうだいぶ慣れました」

奥野さんは苦笑いした。

おれたちは視線を交わしてため息をつき、足早にゲートを越え、向かいの壁に斜めに貼りつくエスカレーターへと向かった。

三階分くらい上がる長いエスカレーターで、上りと下りが並んでいる。ここの構造はどうなってるんだ。T社複合社屋はまるでピラネージの迷宮だぜ。

下を振り返ると、受付嬢の握っていたソードオフ・ショットガンが白大理石の床を叩き、血の染みが広がっていくのが見えた。さあ、始まりだ。

おれたちは今日、六三フィンの**社内調整**にやってきたんだ。

おれと奥野さんは何食わぬ顔でエスカレーターを上る。口笛を吹きながら、無精髭《ぶしょうひげ》サンダル履きのロン毛社員が上から降りてきた。

おれたちは何食わぬ顔ですれ違う。

ロン毛の視線は手元のスマホに釘付け。垣間見えたのは好調な日経平均のチャート。

「ん？」

おれたちとすれ違ったことに、ようやくロン毛が気づいた。そしてエントランスホールで調整済みの受付嬢にも。

「エッ、これ……！」

ロン毛は大慌てで、スラックスの後ろから3Dプリント拳銃を抜いた。

BLAM！

おれの銃弾は何の感慨もなくそいつを調整した。

「銃声、聞こえたと思います？　サイレンサー、一応つけましたけど」

「聞こえたと思いますね」

と、奥野さん。そうだよな……。

「じゃあ、もういいですね」

おれはサイレンサーを取り外し、臨戦態勢を取った。

エスカレーターを上がりきる。長い廊下だ。既に突き当たりのところには十名近い社員が集まり、おれたちを待ち構えていた。

「き、来たぞーッ！」「四七ソだ！　人事部の犬！」「ちくしょう、ブッ殺せ！」

慌てて拳銃を構え始めたところを見ると、踏み込まれると思っていなかったのだろう。距離二十メートル。後ろはエスカレーター。敵の場所にたどり着くまで、廊下には逃げ場も避難所もない。

中間地点に無料自販機が一個あるが、大した遮蔽物《しゃへいぶつ》にはなってくれない。

「奥野さん」

「はい」

「ここは、ファランクスでいきます」

おれは中腰姿勢で防弾ブリーフケースを開き、盾のように構え、防弾面積を増やした。

「了解です」

ほぼ同時に、奥野さんも防弾ブリーフケースを開いた。

BLAMBLAMBLAM!

廊下の向こう側から、敵の銃弾が飛んできた。横殴りの雨みたいに強烈だ。おれと奥野さんは肩をぴたりと寄せ合い、密集陣形を取った。

右利きのおれが防弾ブリーフケースを左手。左利きの奥野さんはその逆だ。防弾ブリーフケースで銃弾をしのぎながら、おれたちは前進する。台風の中、傘一本で帰宅する二人組みたいに。

「「……全員、業務活動を直ちに停止せよ！　我々は四七ソだ！　六三フィンの存在は社内倫理規約第四条に反するという、物的、電子的証拠が揃った！」」

前進を続けながら、社内調整最終フェイズのマニュアル通り、おれと奥野さんは宣告を行った。

銃弾がものすごい勢いで飛んでくる。防弾ブリーフケースに跳弾し、壁や天井に突き刺さる。

右手の壁には、「上場前にお得に買おう！」「お年寄りコイン！」「一年で一二八倍見込み！」などの刺激的なポスターが隙間なく貼られている。

黄金の稲妻が走り、フォントはまるでおれの家の近くのパチンコ屋のポスターだ。

「「これより直ちに社内調整を開始する！　抵抗する者は全員この場で容赦なく調整する！　これは最終調整だ！　繰り返す！　これは最終調整だ！」」

「人事部の言葉なんざ信じられるかーッ！」「殺せ殺せ殺せ殺せ！」「当たってねえ！　ちゃんと狙ってんのか⁉　気合入れろ！」

お決まりの反応だ。まあ聞いちゃくれないよな。

おれたちは空いた手で、拳銃のトリガーを引いた。

BLAM！　BLAM！　BLAM！

「アッ」「う」「ぐえッ」

敵社員はどんどん調整され、飛んでくる弾の数も減っていく。

「や、ヤッバ……！」

昔のファイナルファンタジーみたいな髪型でシャツの襟をスーツの外に出したイケメン社員が戦意喪失し、背を向けて逃げ出した。

「オイ馬鹿野郎！」「逃げんじゃねえよ！」「殺すぞ！」

敵は罵り合いを始め、総崩れを起こす。おれたちは淡々と調整を続ける。

BLAM! BLAM! BLAM!

「ヤバイってェ！　早く、早く！　早く認証！」

イケメン野郎は首からブラ下げたセキュリティカードを、認証装置にバンバン叩きつけて叫んでいた。

ピピッ、と音が鳴り、セキュリティエリアに転がり込む。

「ヤバイっすよ！　四七ソ、あいつら、たった二人なのに！」

イケメン野郎が広いオフィスで待機している仲間たちに報告する。

まいったな、五十人はいるぞ。

「おい、そいつ」

仲間の一人、ソードオフ・ショットガンを持った強面《こわもて》が、イケメン野郎を指差した。正確には、今まさにその影から歩みだしたおれの事を。今この瞬間まで、おれの姿はイケメン野郎にもショットガン野郎にも見えていなかった。

これがおれのオフィスハック能力、**テイルゲート**だ。

敵の背後について、七秒間だけ気配を消せる。

「ヒッ?」

イケメン野郎が振り返り、声を上ずらせた。

「ちッくしょ……!」

強面がショットガンを構えた。イケメン野郎ごとミンチにするつもりだろう。

BLAM!

「アーッ!」

残念ながら、おれが引き金を引くのが早い。おれは強面ショットガン野郎を調整すると、廊下の奥野さんを招き入れるために壁のボタンを叩いた。

本格的な**社内調整**といこう。

おれたちは**四七ソ**。「第四IT事業部第七ソリューション課」の略称。T社の絶対権威たる第一人事部の直属として、社内正義を執行している。

「社内調整」とは、T社巨大社屋内に存在するグループ企業がオイタをした時、潜入を行い、銃弾とオフィスハック能力によって問題を解決する作業だ。

物騒だろ？　物騒だ。だから嫌われてる。


十分が経過。六三フィンのメインオフィスには真っ赤なヨガボールが散乱し、既に調整された社員が数十人転がっていた。

その真ん中で、おれは事業部長を拘束し、両膝をつかせている。事業部長はロシアンマフィアみたいな巨漢で、腕は太く、頭は禿《は》げ上がっている。

調整用拳銃をその後頭部に押し当て、おれは促す。

「さあ」

「まッ、まッ、待ちたまえ！　何故私がこんな目にあわなけりゃいけないんだ？」

事業部長の首には白いナプキン。口の周りにはミートソースがついている。

「六三フィンの存在は社内倫理規約第四条に反するという、物的、電子的証拠が揃った」

「ふッ、不当だ！　まったく不当な社内調整だ！　私の部署はちゃんと利益を上げているじゃないか！」

「利益は利益でも、不正な利益でしょう」

「不正だと？　何をもって……」

「計画倒産を視野に入れながら、独居老人などを狙って資金調達を行っていただろう。だがその本質は、そもそも仮想通貨ですらなく、ネズミ講まがいの詐欺モデル……。ＵＳＢメモリを内蔵したコイン状のデバイスを一枚数十万円で販売……」

「ま、待て！　ポスターをよく見てくれ！　我々はどこにも仮想通貨だなんて明記していないんだ！　間違って投資するほうに責任があるとは言えないか!?」

「意図的に間違いやすく仕向けるのは、よけいタチが悪いでしょう」

「知らない！　私は知らない！　何かあったとしても故意じゃない！」

既におれの銃の撃鉄は起こされている。おれがトリガーを引けば調整は終わる。

でも社内コンプライアンス的に、手順は全て踏まなくちゃいけない。

インカム内蔵型のカメラ越しに、鉄輪も全てをモニタリング中だ。

「いえ、故意です。物的証拠は、これです」

奥野さんが、セロハンテープ復元したシュレッダー文書十二枚の束を突きつけた。

六三フィンは判断力薄弱な独居老人の資産を狙い、セミナーや悪質なＷｅｂサービスを展開。まっとうな商売をしていたＴ社内の他部門の利益を圧迫。この非道行為によって他を蹴落とし、Ｔ社内での生存競争を勝ち抜こうとしていたのだ。だがこの非道行為が明るみに出れば、フィンテック事業部のみならず、Ｔ社グループ全体がその信用に壊滅的打撃を受けるだろう。

「復元したのは、クレームの握りつぶし、および検索エンジンから都合の悪いブログ記事の削除を指示するあんたの業務命令だ。反論の余地はないぞ」

「ラーララーラー！」

事業部長は追い詰められ、歌い出した。ちょっとまずい。だが服務規則により、このプロトコルは全て踏まないといけない。

「抵抗すればこの場で調整する。抵抗をやめ、第一人事部の寛大な措置にその身を委ねろ」

おれは告げた。ほぼ無意味だとわかってはいるが。

「お前たち、いい加減にしろよ、何が人事部だ、ふざけるなよ……！」

事業部長は今度は泣き出した。

「もうじき第一人事部のインタビュアーが来る。愚痴はそいつに言ってくれ」

「頼む、見逃してくれ。それだけは嫌だ」

「見逃せ？　バカ言うなよ」

「い……いくら欲しいんだ」

事業部長はゴクリと唾を飲んだ。

「どういう意味だ？」

おれはため息をつきながら聞いた。一瞬、奥野さんと目が合った。おれたちは渋い顔で首を横に振った。

「どういう意味だって？　私を逃がしてくれたら、カネを払う。ハハハ、もうこの際、言い値でいい。君たちの口座を教えてくれ。今すぐ、今すぐ、いくらでもスマホで払うから……」

「老人からふんだくったお金を、受け取りたがる人がいると思いますか？」

奥野さんが言った。

「クソッ！　クソーッ！」事業部長は目を血走らせ、吠えた。

「正論吐いて、さぞかし良い気分だろうな⁉ カネに綺麗も汚いもあるものか！ 死にぞこないどもからカネを毟《むし》り取って何が悪い⁉ この国の死蔵資産のほとんどは、あいつらが握ってるんだぞ⁉ むしろ慈善事業だ！ やらんと国が沈むぞ！」

「いやいや……無茶苦茶言うなあ」

さすがにおれもその無茶な理論武装には引いた。

「売り上げよりもわきまえるべき常識ってものがあるでしょ」

「そんなものは、知るか！ お前たちだって知ってるはずだ！ この国じゃあなァ、社会のルールより会社のルールのほうが上なんだよ！ 稼いだ者の勝ちなんだ！ この国はずっとそれで回ってきた！ それを今更！」

「よく解ってるじゃないか。会社の掟は絶対だよ」とおれは舌打ちした。

「だから、おれたちみたいな部署があるんだろうな」

「ふざけるな！ 私の部署が行っていたのは正義だ！ 私はT社の売り上げのために尽くしていたんだ！ それを、それを……おのれ、何が第一人事部だーッ！」

事業部長が逆上し、胸元の３Ｄプリント拳銃を引き抜こうとした。

BLAM！

おれが機先を制した。銃弾は事業部長の後頭部を撃ち抜いていた。事業部長は白目を剝き、前のめりに倒れて、動かなくなった。

「フゥーッ」

おれは銃を収め、額の汗をぬぐった。

「おつかれさまでした」

「おつかれさまでした。どうでしたか？」

奥野さんに微笑みかける。奥野さんは拳銃をホルスターに収め、肩を回しながらはにかんだ。

「さすがに今週はちょっと、調整多くて、こたえましたね。もう若くないんで」

「いやいやいや、全然若いですよ」

おれは時計を見ながら、鉄輪に調整終了の報を入れた。

「片付いたぞ」

『二人とも、おつかれさま。第一人事部の事務部隊が到着するまで、あと十分ほどかかるみたいだから、一応よろしくね。別に引き継ぎ義務はないんだけど』

体裁だけでも、ここに留まらなくちゃいけないって事だ。この会社には体裁ごとが多すぎるんだ。

「ちょっと休憩しましょう、奥野さん」

「そうですね」

「非常口で、風にでもあたりませんか？」

「いいですね。香田さん、煙草はやりましたっけ？」

「たまにはいいかな。一本、いただけます？」

「どうぞ。マルボロですけど」

「御馳走様です。ここ禁煙ですし、非常口で」

「ええ」

おれたちは非常階段に出た。青みがかった灰色の、東京の街並みが一望できた。今日も何事もない。


おれたちは非常階段の踊り場で、震えながら休憩をとった。

「寒ッ……」

「今夜あたり積雪かもしれませんね」

奥野さんがしみじみと言った。

「何年ぶりですかね、積雪なんて」

踊り場には薄汚い椅子と、タバコの吸殻入れが置いてあった。大企業といったって、メインオフィスやエントランスの荘厳さとは裏腹に、非常階段のタバコエリアはこんなものだ。

「どうぞ」

奥野さんが火を貸してくれた。年季の入った、いいジッポだった。

「あ、すいません」

おれはマルボロに火をつけ、深く吸い込んだ。煙草を吸うなんて何年ぶりだろう。咳き込みそうになる。おれと違って、奥野さんはサマになっている。やっぱり、高倉健みたいで。

「フゥーッ……」

おれは煙を吐きながらスマホをいじくり、Twitterのタイムラインを確認した。話題は仮想通貨数百億円の不正送金事件。おれには全然わからない世界だ。

「奥野さん、仮想通貨とかやってます？　今何か起こってるみたいですけど」

「いや、私はやってませんね。最新のテクノロジーはどうも難しくて……」

「えーっと……史上最大規模の仮想通貨が日本の販売所から盗まれて、そのデータは世界を飛び交い、ナントカ財団ってとこのホワイトハッカーたちがそれを追跡してる……ってことらしいですよ」

「正直全然わかりません。いつの間にか、私たちの暮らす世界はSF映画みたいになっていたわけですか」

奥野さんは至極《しごく》真面目な顔で言った。それが何だか可愛げがあり、おかしかった。

「それに比べて、おれたちの仕事の地味さたるや、ですよ」

おれは苦笑いした。

「いやいや香田さん、真面目にやってる部署は、こういう調整で助かっているわけですから、よしとしましょう。少なくとも、この仕事にそのくらいの価値はありますす」

奥野さんが言うと、室長より説得力がある。

「そうですね」おれは微笑んだ。

「でもせめて、給料はもうちょい上がらないかな……」

「そこは同感です」

奥野さんも苦笑した。そのまま少し、おれたちは無駄話を続けた。趣味とか、投資とか、ちょっとだけおれの娘の写真を見ながら話とか。少しずつおれたちはバディとしての絆を深め始めていた。

ＯＮＤＯの事件の後、おれは奥野さんと飲みに行く機会があり、少し投資のことを教わった。奥野さんからのアドバイスとして、素人はまず積立投資信託と株の現物あたりから始めるべきだと言われた。しかし証券会社からは一向に書類が届かない。おれの給料と未来への不安は残ったままだが、少なくともドル円の不安からは解放された。

とりあえずは勉強するしかないって事だ。そして、四六時中スマホとにらめっこになるような金額を絶対に投資に使うなということだ。おれはのめり込みやすいタイプだから、気をつけないといけない。奥野さんの言葉には含蓄があった。もう少し早く知り合えていれば、含み損ももっと少なかっただろうに。

「とはいえ、香田さん、給料安いなりに投資はできますし、楽しむことだってできますよ」

「そうですよね、あっ……まずいな」

おれはスマホの画面に現れた真っ赤な四角の群れと、それに飲み込まれそうな白い四角を見た。

「どうかしましたか、異常事態ですか？」

奥野さんの顔つきが厳しくなった。人を調整する時の顔になった。

「いや、今夜スターウォーズ観に行こうと思ってたら、あと一席しか空いてなくて」

「間に合いました？」

「取れてました、危ないところでした」

「よかった。スターウォーズ、いいですね、なつかしい」

奥野さんの顔はまだ真面目なままだった。奥野さんはどこまで本気なんだろう。

第一人事部の奴らが到着した気配を察したので、おれはスマホを収めた。休憩時間は終わりだ。

「じゃあ、説明に行きますか」

「はい」

おれたちは煙草を揉み消して、死体だらけのメインオフィスに戻った。もう第一人事部の事務員たちがモップがけを始めていた。

都心は何年ぶりかで雪が降りそうなほど冷え込んでいた。

おれは丸の内オフィスからの帰り道、晩飯も食わず、銀座駅のシネコンに立ち寄った。

上映時間までもうギリギリだ。カップル客だらけのロビーを抜けて、チケット発券機に向かう。休み時間にスマホの力で予約した。おれは最先端の文明を感じている。

何ヶ月かに一度、こうして仕事帰りに話題の映画を見るのが、おれのささやかな楽しみの一つだ。しかもそれは一人でなくてはいけない。家族サービスで映画なんてまっぴらだ。

男にはもっと孤独な時間が必要なんだ。

だからおれは今回、スターウォーズを観るんだ。

チケット番号はA－14。最前列だ。空いていたのは一番前のド真ん中の席だけだった。

上映時刻をもう十分近く回ってる。新作映画の予告はもう終わり、例のスターウォーズの壮大なメインテーマが流れ始めるところだった。

何とか間に合った。

この曲を聴くと、ほんの束《つか》の間、おれの心は銀河の遠いところへと向かう。当然おれはオリジナル世代ではないんだが……。

「あ、すみません、すみません、失礼します」

おれは突入するＳＷＡＴ部隊みたいな低姿勢でスクリーン前を歩き、ド真ん中のＡ－14席へと向かう。危なかった。本編映像が始まっていたら、めちゃくちゃ顰蹙《ひんしゅく》ものだった。

「フゥーッ」

コートを畳みながら座り、ジュースを手すりのドリンクホルダーにセットする。右に置けばいいのか左に置けばいいのかいつも困る。幸い両方空いていたので、おれは左側に置いた。左のＡ－13に座ってるのが、面倒臭そうな奴じゃなけりゃいいんだが。そう祈りながらシートに腰を下ろし、スクリーンに視線を向けた。でかい。明らかに近すぎる。初めて最前列に座ったが、案の定、全然落ち着かない。

スクリーンに今回までのあらすじが流れる。盛り上がってきた。おれは完全にオフモードに気持ちを切り替えて、スターウォーズに意識を集中させせようとした。

その時、おれの中の本能が危険を告げた。つまり、違和感だ。この映画館に入ってから今まで、何か見過ごしていたことがある。おれはスクリーンを流れる銀河的なあらすじもそっちのけで、違和感の出所をさぐった。

横を見た。右隣にいたのはスターウォーズトレーナーにスターウォーズキャップを被った、かなりガチっぽい外国人だった。どう見ても、おれには関係ない。

左隣を見た。そこに座っていたのは高そうな革コートの男で、長い足を投げ出して組んでいた。確かにこいつは最前列でもないと窮屈《きゅうくつ》だろうな。そいつはシュッとした茶色のサイドゴアブーツを履いていて、どこのブランドかは知らないがとにかく高そうだった。

そして、どこかで見たような横顔だった。

いや、確かに見た。

次の瞬間、A－13の奴も少し首をひねり、おれのほうを一瞥《いちべつ》した。

やつと一瞬だけ目が合い、おれは確信した。

サカグチの野郎がそこにいたのだ。

にわかに、一触即発となった。

「四七ソだな」

サカグチが先に切り出した。押し殺した声だった。こいつの全身からは自信とカネの力が溢れ出ていて、まるでダースベイダーのような威圧感を放っていた。

ONDO事件での最終局面がフラッシュバックする。……サカグチが触れると同時に連鎖爆発するPC……破られたガラス窓……ホバリングするヘリに飛び乗るサカグチ。

「そうだ。お前はサカグチだな」

「物覚えがいいな。お前、名前は」

「……香田だ」

「そうか。多分、次に会った時には忘れてるな」

イラッとする言い方だ。まるで全て他人事のような口ぶりだ。

「あのまま国外にでも脱出したんじゃなかったのか？」

「ああ脱出したさ」サカグチは小さく笑った。

「シンガポールでしばらくバカンスを取っていてな。ほれ、日焼け、わかるか？　今暗いからな……」

「おれをここで待ち伏せてたわけじゃないよな」

「おいおい、俺はハッカーじゃないぜ。映画じゃあるまいし」

まあそうだろう。こいつとは偶然鉢合わせたって事になる。だがおれは疑り深い。

「偶然にしちゃ、とんでもない確率だ」

「俺がもしハッカーなら、お前みたいな奴じゃなくて、安室奈美恵ちゃんを俺の隣にする」

「面白いジョークだ」

おれは手に汗握りながら返した。いつになく緊張していた。おれがもし刑事か何かで、サカグチの野郎が指名手配犯だったなら、ここで大立ち回りが始まったり、鉄輪に救援を要請していたかもしれない。

だが、できるはずがない。

おれは刑事でもスパイでもない。ただの会社員だ。ただスターウォーズを観に来ただけなんだ。それを、ふざけやがって。

「香田くん、まさかここで拳銃でもぶっ放そうってんじゃないだろうな？」

「バカ言うな、おれがそんなサイコ野郎に見えるか？」

四七ソと第一人事部の権力が及ぶのはT社のオフィス内だけだ。それ以外の場所で拳銃や社内調整用の装備を所持しているのがバレたら、どうなると思う？　職務質問されて即逮捕だ。

確かにこの国じゃ、社内ルールは国の法律や一般常識よりも上にある。だが、それはあくまで、会社の敷地内でのこと。おれたちがプライベート時間、ましてや敷地外の場所でまでドンパチやらかしてたら、たちまちT社は終了だ。

「案外、お前みたいな真面目そうな奴が、いきなり暴発するもんさ……」

サカグチが言った。

「ここでお前に会ったのは偶然だが、いい機会だ。一つ警告しておこう」

「警告？」

「これ以上、俺の邪魔をするな。俺が絡んでる案件だと解ったら、今後はおとなしく手を引け」

「そんな言葉に屈すると思うか？」

「そら見ろ……そうやって、くだらん意地をはる。お前ほどの能力を持ってる奴が、何で、四七ソなんていう安月給待遇に甘んじてる？」

「何だって？」

薄気味の悪い言葉だった。

「転職先を探してるなら、紹介してやるぜ？　お前が初めてってわけでもない。俺もなあ、有用な能力者がT社人事部に使い潰されて消えていくのを見ると、心が痛むんだよ」

「他人事みたいに言うな。お前のせいで、事業部が丸ごとひとつ消し飛んだんだぞ。どれだけの社員が、あの事件の後で首を切られたと思ってる……!?」

おれは少しエキサイトし過ぎていた。

「シーッ！」

「あっ、すみません」

右隣のスターウォーズキャップに注意された。そいつのトレーナーの胸にプリントされたマスターヨーダが、テレパシーでおれに語りかけているようだった。

香田よ、怒りに飲まれるな。暗黒面に飲み込まれるな。と。

「ともかくだ、お前の起こした事件を食い止め、手を汚したのもおれたちだ……！」

おれは声のトーンを下げて続けた。サカグチはキザったらしく鼻を鳴らした。

「俺はお前らの膿出しを手伝ってやっただけだ。俺が手を下さなくても、奴らはそのうち社内でカニバって潰れてたろ。それか、犬の耳の内側についたダニみたいに膨れ上がってT社から血を吸い続けるだけだ。原因は全てT社にある。T社が後先考えず合併するからだ。哀れなのは、その尻拭いで危険な調整案件をやらされてる奴らさ」

「……」

「それは現場のお前が一番よく知ってるだろ、香田くん……？」

「だとしても、おれは自分の職務を果たす」

「何のために？」

「お前らみたいなのがムカつくからだよ」

「ハハハ……！　そうか、ならせいぜい頑張れよ。次にオフィスで会った時が、お前の死ぬ時だな」

「同じ言葉を返してやる」

「待てよ、もう一つ警告しておくか」

「何だ」おれは額から流れる汗を拭いながら返した。

「本編が始まるぞ」

サカグチは言い、「あっちへ行け」とでも言いたげに手を振った。

オープニングが終わって本編が始まっていた。反乱軍がどうこうしている。右隣のスターウォーズキャップがおれを鬱陶《うっとう》しそうに睨《にら》んでいる。悪いことをした。おれも会話を続けてる場合じゃないと思い、映画に集中した。

サカグチはおれのことなど気にも留めず、「最後のジェダイ」を見ながら笑っていた。おれと笑いどころが全く違い、こいつは大事な登場人物が死ぬところでいちいち爆笑していたので、絶対にサイコパス野郎だと思った。

やがて本編が終わると、サカグチは何も言わず立ち上がり、エンドロールも見ずに出て行った。おれはエンドロール後に何か映像があるかもしれないので、立ち上がらなかった。口の中に広がったのは、苦々しい敗北の味と疲労感だった。

だが、サカグチと一緒に外に出たところで、どうなる？　ここはＴ社の敷地内じゃない。容疑者を尾行したりするスパイごっこはお呼びじゃない。ストーカーと間違われて警察に怒られたらどうするんだ。

おれは他の大勢の客と一緒にスクリーンを後にした。そして途方に暮れ、晩飯に何を食うか、選択肢を打ち消したり戻したりしながら、とぼとぼ歩いた。

（（（転職先を探してるなら、紹介してやるぜ？　お前が初めてってわけでもない。俺もなあ、有用な能力者がＴ社人事部に使い潰されて消えていくのを見ると、心が痛むんだよ）））

サカグチの野郎の声が頭の中で繰り返しエコーする。おれが初めてじゃないって、どういうことだ。他にもサカグチの仲間がT社内にいるってことか？

おれはホワイトアウトしそうになる意識を繋ぎとめようと必死だった。完全にやらかした。遅刻ギリギリのラッシュアワー通勤だ。いつもはこんなヘマはしない。そして、往々にして、ちょっとしたヘマ一発が命取りとなる。

別に前日に飲んだわけでもない。スマホのアラームを忘れたわけでもない。夜更かしは……した。あと、寒かった。それから、遮光カーテンのせいだ。おれは遮光カーテンが嫌いだ。本当は空が少しずつ明るくなるのを瞼の上から感じて、自然に覚醒したいのに。

「電車内、混み合いまして大変ご迷惑をおかけします」

車掌アナウンスが聞こえた。アンタに謝られる筋合いはない。おれは思った。いや、実際、車内が混むのは鉄道会社のせいなんだろうか。それとも都知事のせいか。当選したら二階建ての通勤電車を走らすとか約束してなかったか？　なにが二階建てだ。

「ウッ、ウウッ。ウエーッ！」

誰かが呻き声をあげた。やめてくれ。まさかとは思うが、本当にそれはダメだ。絶対に嘔吐はやめろ。もしそんな事になれば流石におれでも会社を休む。

休みか……いいかもな。かえって言い訳できそうだ。

おれはおれで、もし体調が悪かったらだいぶやばい事になりそうな体勢をとらされている。脇腹に他人のカバンを食らった状態で、右足は下についていない。

「ドアが開きます。ドア付近のお客様は一度お降りになって……」

電車が途中駅で停止すると、車内の石のような沈黙に殺気が満ちた。開戦前夜じみた、爆発寸前の空気だ。

おれを含めたどいつもこいつも殺気立って、憎み合っている。ただ電車に乗って移動するっていうそれだけのことで、こんなマイナス感情に支配されている。いったい何がいけないんだ、おれたちはどこで間違ったんだ？

電車がブレーキをかけ、思いきり体重がかかった。フラついた奴がいるんだ。おれたちは全員で力を込めて耐え、押し返そうとした。だが、思いのほか波のパワーは強かった。

「ヤバ……」

思わずおれは口に出した。両足が宙に浮いていた。

こうなると、もうどうしようもない。おれはモッシュピットみたいなありさまで、後ろのやつに押し付けられ、跳ね返され、挟まった。

つり革？　摑めているわけがないだろ。つり革を摑める奴は普通の電車で言えば椅子に座れた奴ぐらい恵まれている。そして、椅子に座ってる奴ともなれば……雲上人だな。こうやって満員電車で椅子に座って口を開けて寝ている奴ら、いったいどの駅から乗ってきた奴らなんだろう。こいつらが乗ってきて椅子に座る瞬間を見た奴はいるのか？　そしてこいつらは絶対、どの駅でも降りない。絶対にだ。闇の会社に雇われたエキストラだろうか？

自分でもなかなかすごい精神状態に陥りかけてきたなと思えた時、ようやくドアが開く。こういうとき出口で踏ん張っている奴もいる。容赦なく押し出す。

「ワーオ！　アメーイジーン！」

ホーム端ではいかにもカリフォルニアから観光に来たような気楽なアメリカ人YouTuberがスマホ動画を自撮り配信して、死んだ目のおれたち通勤客を撮影している。

遅刻スレスレじゃなかったら、マジで鉄拳制裁してやりたいところだ。

「オウッ！　すごい！　混んできたよ！　さあ今から入っちゃうからね僕も！」

自撮りスマホにむかって喋りながら、こいつも他の乗客と一緒に満員電車に乗り込んだ。

「ヘーイ！　信じられないよォー！　リディーキュラス！」

しかもこいつ、リュックサックを背負ってる。おれは奥歯を嚙みしめた。ドスンと揺れた時に、そいつはスマホを取り落とした。拾おうとするが、もうダメだ。しゃがむ事なんてできやしない。ここは底なし沼なんだ。多分車内で石のように沈黙していた人々の心はその時ひとつだった。

（ざまあみろ……）

「スミマセーン、落ちちゃいました、スミマセ……スミ……ホーリーシッ……」

自信満々だったYouTuberも、スマホがなくなれば裸も同然、しょぼくれた勘違い野郎に過ぎない。ざまあみろ……おれは心の中で文句を重ねた。

そのあと、ふと我に返って、寂しい気持ちになった。

ちょっと調子に乗った観光客に、そんなむき出しの憎悪《ぞうお》を。おれは正気を失っていたと言わざるをえない。なにもかもこの満員電車が悪いんだ。人類は……もっと助け合わなくちゃいけない。

『東京駅ー、東京駅ー』

電車は丸の内に到着し、おれはようやく車外に解放された。額の汗を拭い、スマホでFacebookとTwitterを流し見る。他人の「いいね！ しました」が挟み込まれるタイムライン。消しても消しても出てきやがる。

そんな中、おれは誰かにリツイートされてきたミニマル製菓の公式アカウントに目を留めた。あちこちに話しかけまくり、リツイートして皮肉を言ったり、えらく偏った持論を述べたりしている。個人アカウントと勘違いしてるんじゃないのか？ おれは炎上の気配を的確に嗅ぎ取る。これは結構あやしい雲行きだと思う。

「ミニマル製菓がなァ……」

おれは少し残念だった。ミニマル製菓はTwitter広報担当者がフレンドリーな人格者で、二、三年前くらいに少し話題になり、ネット上でかなり愛されていた。おれが昔に見た時は、ツアー会社が破綻して空港から帰れなくなった人に、緊急の手続き方法をアドバイスしたりもしていた。

おれはフォローもしていなかったので、ここしばらくは存在を忘れていたが……担当の人がキャラ変えで一発逆転でも狙ったのだろうか？

だがおれの好意的解釈は、すぐに裏切られた。社章アイコンのアカウントが、コトリ食品のちょっとイキったＷｅｂ限定ＣＭを引用しながら、とてもオフィスじゃ口にできないようなセクハラコメントを繰り返していた。完全に悪ノリだ。タイムラインを遡ると、無責任な賞賛リプライを受けて、どんどん増長していってるのが見えた。

確かにフォロワー数はガンガン増えているさ。リツイート数も。

でも、いや、こりゃだめだ、炎上だろ。昼にまた見てみよう。

おれはポケットにスマホを突っ込み、Ｔ社社屋のメインエントランスを潜った。


カリカリ、カリカリカリカリカリ……。

四七ソの机に置かれたＰＣの起動は遅い。決して古いマシンではないのだが、ワケのわからないＴ社内ネットワークの自動接続設定や、ウィルス対策ソフトや、謎のアドオンのせいで、電源を入れてから立ち上がるまでに十五分もの時間を要する。さらにパスワード三種類の手動入力が都度必要なので、その十五分間は机から離れられない。このパスワードを同じものにして手間を省こうとすると、人事部のパスワードセキュリティ信奉カルトからチェックが入る。

実はこれはクラウド環境だ。クラウド環境の導入で、こういう煩雑さから解放されるかと思ったら、パスワードが増えただけだった。この世界は理不尽に満ちている。

コアタイムの十時まであと五分くらい。室長はまだいない。普通みんな、この時間を使って経費申請や書類作成をする。だがおれは敢えてコーヒーを飲むべく、給湯ポット席に向かった。

「パスワードがこれだけ増えたら、逆にセキュリティレベルが下がる気がするんだよな」

「同感ですね。モチベも下がります。顔認証と音声認証、早く入れて欲しいですよ」

先にリプトン紅茶を作っていた高橋が、青いセル眼鏡を直しながら言った。

こいつは四七ソで一番ITに詳しい優等生だ。バディは同期の後藤。後藤はウェイ系の運動バカで声がでかく、いつも暑苦しい。一方で高橋はいつもクールで冷静だ。

高橋から賛同を得られると、おれは非常に心強い。

「うちはそういうのの動き鈍いからな。何年後になるやらだぞ」

おれは肩をすくめ、先輩風を吹かせた。

「非効率的ですよね本当に。あ、香田さん、お湯どうぞ」

「どうも」

おれはネスカフェ粒の入っているマグにお湯を注いだ。おやつ置き場には、この間、助けてやった峰くんから、お礼のひよこ型饅頭が一箱置かれているのが見えた。若いのに渋いチョイスだ。まだ半分ほど残っているが、朝から糖分を摂るのはやめておく。余計な脂肪はウンザリだ。

「そういや、ウチの会社は広報アカウントあったっけ?」

「広報?」

「Twitter の。なんか面白い事を言うようなさ」

「ああ……。T社グループ自体のものはないいんじゃないですか? ああいうの、人気ある会社もありますよね」

「ウチが作ったとしたら、どうなるかね」

「ウーン……難しいんじゃないですか。今更感もあるし」高橋は眉根《まゆね》を寄せて続けた。

「私は技術畑なので、実際の運用面の機微はちょっと解らないですけど」

「まあ、そうだよな。結局は、ツールなんて使い方次第だよ。使い方次第で、すごい武器にもなるし、爆弾にもなる。でも爆弾になった時のリスクを考えてない奴が多い」

「どうしたんです、急に」

高橋が訝しんだ。おれは詰まった。ちょっと話の規模を拡げ過ぎた。

「いや、今日の朝も、炎上してるTwitter広報アカウントをネットで見かけて、ひどいもんだと思ってさ」

「どこが炎上してたんです?」

「ミニマル製菓のさ……前から人気あったろ。中の人が意外と若いのでは、みたいな。コトリ食品のアカウントとリプライ飛ばし合って、だらだら馴れ合ったりしてたあたりから、絶対何かやらかすだろうなとは思ってたよ」

「ああ……何をやらかしたんです?」

「これこれ」

おれはスマホの画面を見せた。

「うわ、ひどいですね」

高橋が苦笑した。おれは前のめりになった。

「ちょっと前はさ、企業アカウントがフランクに話してると真新しくてウケたけど、今はどうだろ……闇雲にTwitter広報アカウント作る会社はさ、こういう、何ていうの……リスクマネージメントができてないというか」

その言葉に高橋は大きく頷いた。

他の奴らは全然話に乗ってこない。みんな意外とアンテナが低いんだな。

「珍しく意識高そうな話してるじゃん」

と鉄輪。おれも悪い気はしない。

「さすが、香田さんは元営業部なだけありますね。外からの目を意識してる」と高橋。

こいつはヨイショが上手いんだ。

「まあな。Twitterにはおれちょっと、うるさいよ。割と初期からやってたから。昔はさ、今と違ってタイムラインが時系列通りだったし、ハイライトとかもなくて……」

「ありましたね、そんな時代」

「高橋もわかるよな」

給湯ポット前から自分の席に戻り、薄いネスカフェ・コーヒーを一口飲んだおれは、室長の向かいのカド席にカバンが置いてあるのを認めた。

「……あれ、もしかして安曇《あずみ》さん、今日入ってる？」

さらに、コートハンガーにも見慣れない革コート。これは間違いない。

「ン？　ああ、入ってるみたいね」

鉄輪が報告書を作りながら、素っ気なく答えた。今日の鉄輪の机の上にはチョコラＢＢみたいな瓶が三本くらい置かれている。間違いなく、相当イラついている。

「ボク、安曇さんに朝会いましタ。健康診断のＣ日程で来たって言テましタよ」

アスカン君が答えた。彼は最年少で、いつも一番最初にオフィスに入ってる。育ちがいいらしく、なんというか、素直だ。

「へえ、健康診断で」

「マジで？　アスカン、お前超ラッキーじゃん。安曇さん、超レアＰＯＰだし」

井上が相変わらず頭の悪そうな相槌を打つ。こいつがアスカン君に日本語で追い抜かれるのも時間の問題だろう。

「安曇さんも健康診断受けるのか」

おれは思わず、そう洩らした。率直にそう思った。

四つ上の安曇さんは四七ソのエース的存在で、例外の塊だ。バディが基本の社内調整業務も、安曇さんだけは常に一人。デスクにも滅多にいない。正直、どこで何をしているのかも解らない。極秘の潜入調査か。それとも日本にすらおらず、どこかでバカンス休暇中なのか。どちらにせよ誰も文句を言わないし、言えない。こなす仕事量はおれたちの三倍以上。超人的と言っていい。室長も放任している。バディが嫌だと言われれば単独行動を認めるし、出社するのが面倒だと言われれば自由裁量もＯＫする。

それだけ段違いの実力の持ち主だ。

……そんな安曇さんでも健康診断を受けるのか。バリウムを飲んで、しかめっ面で機械の上でゴロゴロ回るのか。妙に面白かったし、不思議な感慨があった。

「そういえば私、安曇さんにお会いしたのはまだ一回だけですね」

向かいの奥野さんが続いた。今日の四七ソは凄い。安曇さんの話題でこんなに会話のキャッチボールが行われるなんて。

「奥野さんの歓迎飲み会の時ですよね？」

「そうです。さくら水産で」

「あの時も、途中から来て、すぐ帰っちゃいましたけどね」

おれは申し訳なさそうに苦笑した。

「香田はさあ、安曇さんのこと大好きだよね。いつもフォローするし」

鉄輪がドリンク剤をストローで飲みながら言う。

「いや、そういうわけじゃないけど。安曇さんには恩義感じてるんだよ。銃の扱いだけじゃなく、調整する時の心構えとか、プライベートでの気持ちの切り替えかたとか、そりゃもう色々教わったからさ。あの人は、マジで凄い」

安曇さんは、配属当時、右も左もわからないお荷物状態だったおれを鍛えてくれた、最初のバディだ。

「安曇さんみたいになるのが目標?」

と鉄輪が聞いてきた。

おれもいつかは、一人であのくらいバリバリ仕事をこなしたいと思ってはいるが。

「いや、おれにはちょっと荷が重いから、別な方向性で行くけどさ」

そう言いながら、おれは奥野さんの席を一瞥した。本来おれはキャリア的にもう一人前で、奥野さんの最初のバディとして、安曇さんのようにしっかりと振るまうべきなのだろう。だが実際、おれの実力はまだまだで、むしろ奥野さんの人生経験から学ぶことのほうが多いという体たらくだ……。

「そうなんスか？　俺、実は安曇さん越え目指してるんスよね～！」

井上がふかす。おれは少しだけイラッとくる。

「お前はアホか。まずは遅刻せずにアスカン君と出社時間合わせろ」

「言えてる」と鉄輪。

「大丈夫です、ボクちょっと早いだけですから」

「いやいやいや、俺そんな言われるほど遅刻してないっスよ！　前の会議の時に一回遅刻しただけですって。そういうキャラ付け、ほんと勘弁して欲しいんですけど～」

「言い訳するな。要所要所での失敗が、後に響くんだよ」

「香田も経費の提出遅い。机の上のそのレシート束、いつ片付けるの？」

鉄輪がおっかない目で見ている。

「ああ？　気にするなって。おれの中では全部コントロールできてるから」

「そろそろ室長も来るよ、はしゃぐな」

「はい」

おれはＰＣに向かい、二個目のパスワードを叩き始めた。そういえば経費も奥野さんのほうが昨日先に提出していた。また先輩として腑甲斐ない所を見せた。でも、もう、これでいいさ。おれは開き直っている。結局、おれはまだまだ若僧って事だよ。無理するなってことだ。

最初、奥野さんが来た時は、先輩らしく振る舞うってことに気持ちが行き過ぎて、ギクシャクしてたところがある。おれは安曇さんじゃない。安曇さんみたいにバリバリやれなくたって仕方ない。

「いやー、みんなゴメンゴメン、朝から他の部署の課長に捕まっちゃってね。誰かこの中で、SNSとか詳しい人いる?」

室長のお出ましだ。室長はいつも笑顔だ。だがこの笑顔は……まずい予感がする。

おれたちは視線を下げ、手元の書類やPC画面とニラメッコした。

「Twitter、香田さんと高橋がめっちゃ詳しいらしいスよ」

井上が言った。このやろう。

「炎上案件とかにも詳しいみたいです」

鉄輪が続いた。

「さッすが香田ちゃん、時代の最先端行ってるね」

室長と目が合った。これはまずい。

「いや、それほどでも。技術的なところは知らないですけど」

「技術的なのは別にいいンだって。運用だから。実はTwitterがらみで社内調整案件入っちゃってね。香田と奥野さん、今の作業カタしたら、ちょっと来てもらえるかな?」

「はい」

奥野さんがテキパキと背広に袖を通し始める。

「はい」

おれも笑顔で返事をした。だが内心は、机の上で頭を抱えたい気分だった。

悪い予感が当たった。思った通りだ。勘弁して欲しい。

今日は娘の誕生日で、マイリトルポニーの縫いぐるみを買って帰る予定なんだ。

だが室長は有無を言わさぬ笑顔で、おれたちを手招きし、ドアの所に向かっていた。

「あのさ、高橋のツーマンセルはどうなの? 調整入ってないでしょ?」

おれはダメモトで、高橋のほうを見て呼びかけた。

高橋は目をそらしたまま答えた。

「すみません。相方が昨日、フットサルで足を折ったらしいので」

後藤のやろう。


「そういえば、年末のONDOの件なんだけど……」

六十階空中テラス行きエレベーターの中で、室長が切り出した。

「はい」

おれは映画館で見たサカグチの顔を思い出し、ごくりと唾を飲んだ。

「危なかったよねえ、あれ。あのまま完成されてたら、いつか炎上してたのは間違いないけど……。三融マの調査の結果、それよりもっとマズいことになってた可能性があるって」

室長はスマホをいじりながら、いつもの緊張感のない口調で続けた。三融マは、第三IT事業部金融マーケティング部門の略だ。四七ソと命名規則が違う。第三事業部は丸ごと別会社からの合併だから、その命名規則が残っているのだ。

「というと、どういう事です?」

「フェイクニュースの一斉拡散による、相場操縦などを狙っていた可能性、大、だってさ。

こないだの、北朝鮮のミサイル発射が誤報だったってニュース、聞いた?」

「ああ」

おれは頷いた。あれでだいぶ肝を冷やした。だがおれはもうドル円の不安から解放されたので、ビクともしない。鋼鉄の精神を得たのだ。

「なるほど……」

奥野さんも気づいたようだった。

「ミサイル誤報の件は本当にただの誤報でしたが、仮にONDO2・0が完成していたら、そういうものを意図的にやれていた可能性がある、と」

「そうそう。今はもう、株式も為替もみんなAIじゃない? そういうニュースがバズってるのをAIが見た途端、精査もせずに、ドンと相場を動かしちゃうわけ。奥野さんが**ダンプスター・ダイヴ**で復元した文書あるでしょ」

「はい、あの時シュレッダーから」とおれは相槌を打つ。

「あの後も実はちょっと残業してもらってね、色々復元してもらったんだわ」

「そうでしたね。その分析結果……という事ですか?」

「そういうこと。下手したら、ONDOが世界恐慌の引き金を引いていたかもね。二人とも、ご苦労ちゃん」

「……他には何か、摑めたんですか？」

「いや？ 今のとこ、そんなもんだね。大事故を防げて、めでたし、めでたし。もちろん金一封くらい渡してやりたいけど、ちょっとT社今期の営業成績悪いから、無理みたい。頑張って食い下がってみたんだけどねえ」

「そうですか……」

おれはため息をついた。別に金一封なんて最初から期待していなかったし、そういうのは、えてして、本当に大事故が起こってからじゃないと認めてもらえないものだ。おれがため息をつく理由は別にある。

「サカグチの件は、他になにも？」

「香田ちゃん、あの事件、やけに食いついてくるよね。いつももっと淡白なのに」

「そりゃあ……主犯を取り逃がしてますから」

「悔しいってこと？」

「そうですよ」

おれは……なんとなく、映画館の件を話しそびれた。

「サカグチの奴は、元T社グループの社員だったんですよね?」

「そうね」

「四七ソみたいな事をしていた人事部系の秘密部署がかつてあった。サカグチは元そのメンバーだった」

「そう」

「で、T社に恨みがあって、内部から腐らせようとしていた……?」

「さあねえ、そこは何とも。わざわざそんな事するかなあ」

短い沈黙があった。頭の中でサカグチの声が響いた。

(((転職先を探してるなら、紹介してやるぜ? お前が初めてってわけでもない。俺もなあ、有用な能力者がT社人事部に使い潰されて消えていくのを見ると、心が痛むんだよ)))

おれはエレベーターの現在階表示板のLEDの数字が変わっていくのを見ながら、妙な焦燥感にあてられて、聞いた。

「もしもですよ、室長」

「うん?」

「そのメンバーが他にもいて、ネットワークを作ってたらどうします? 社外だけじゃなくて、T社内にも、サカグチみたいな奴らを支援する組織があったら……どうします?」

「身内疑っても始まらないじゃん、香田ちゃ～ん!」

室長は笑い、おれの肩を叩いた。

「あっ、はい」

今はもうやめておけ、のサインだ。

奥野さんの表情も心なしか、いつもより硬かった。

チン、と音が鳴って、エレベーターは六十階に到着した。

おれの胸騒ぎはまだおさまらなかった。

「エッ、ミニマル製菓って、T社グループだったんですか?」

おれは先方から渡された名刺を見て、思わずそう口にしていた。しかも、うちに話が来るってことは、第一人事部の管轄下だ。

「そうなんですよ、三年前に吸収合併されてまして。そこから赤字決算続きなんですが」

清水と名乗る主任は、ハンカチで額の汗を拭きながら、iPad をおれたちに手渡した。

そこには、おれが先ほど高橋に見せていたのと同じ、無残に炎上し続ける Twitter タイムラインが示されていた。

「単刀直入に申し上げますと、うちの Twitter 広報アカウントが何者かに乗っ取られました」

「どう、香田ちゃん？　Twitter 詳しいんでしょ？」

室長がおれに微笑みかける。

昼休みが終わったカフェテリアには、もう誰も社員はいない。おれたち四七ソの三人と、今回の案件の依頼部署の主任だけだ。

「あっ、はい」

詳しいもなにも、おれが朝からチェックしていた炎上案件だ。だが、おれが言う〝詳しい〟は、室長の期待する詳しさとは少し違う。

「奥野さんも詳しい？」

と室長。

「私はちょっと、Facebookしかやっていないので……」

奥野さんは苦々しい表情で首を横に振り、こう続けた。

「しかし、SNSの乗っ取りは許しがたいことです。こうしている間にも事態は、刻一刻と悪化しているでしょう。心中、お察しします」

何てこった。おれが朝少し調子に乗ったばっかりに、こんな案件に駆り出されるなんて。

だが、やるしかない。

「それで、乗っ取られたというのは、具体的にどういう状態なんですか?」

おれは基礎的な質問を行った。こんなのはプロじゃなくたって解る。

「パスワードが変更されています。メールアドレスもです」

「ん? つまり、どうやっても取り返せない状態ですか?」

「そうです。しかも、この状態になっていたのは、昨日今日の話じゃないんです。メールアドレスが変えられていたのは、数週間前でした。その前後から、もう担当者が誰かも解らないんです」

「えっ。でも、元の担当者さんって……確かすごく親身な受け答えで人気になった人じゃなかったでしたっけ？」

「そうですね。立役者は七年前、黎明期《れいめいき》にTwitter担当者になった茂木《もぎ》っていう者なんですが。彼の地道な努力のおかげで、うちのTwitter広報アカウントはフォロワー数六ケタになったんです。今思えば見事な広報でした。わきまえていたといいますか……。専用の業務時間を割り当てられていたわけでもないのに、ほとんどボランティアみたいな感覚でやってくれていたはずです」

「その茂木さんは、今どこに……？」

おれは汗を拭いながら聞いた。雲行きがさらに怪しくなってきた。

「彼はもう二年近く前にT社グループから退職して、今はモギモギっていう有名YouTuberになってるんですよ」

「「「YouTuberに……」」」

おれと室長と奥野さんは顔を見合わせた。

「もちろん彼がうちの広報アカウントを担当していたことは一切公表してないですが、ともかく……茂木から引き継がれた時は大丈夫だったんです。そこで確かにパスワードの変更や更新が行われてますから、彼がハックしたって線はないんです。問題はその後……誰も彼のやっていたことの凄さを理解している者がいなくて、ほとんど更新もなくなって……」

「気がついたら、いつの間にか、何処かの誰かの手に渡っていた……」

「そうです」

「なるほど……解りました、外部ではありますが念のため茂木さんにコンタクトをお願いしたいんですが……」

「はい、それは試みているところです。彼、嫌がるだろうなあ……」

「仕方ないでしょう、今はできるだけの事を……うわ！　ちょっとこれ」

iPadに視線を戻すと、おれの目にまずい文字列が飛び込んできた。

「どうしましたか？」

「トランプに@を投げて、政治的なこと呟いてますよ、こいつ……！」

おれの目に飛び込んできたのは、Twitterで直接トランプ大統領に暴言を飛ばすミニマル製菓の公式アカウントだった。

「エッ？　それはどういう意味ですか？」

「しかもブロックされたの自慢してます。セルフ引用して、ええ……〝ちょｗｗ〟だって」

「トランプって、本人じゃないですよね」

「いや、これ本人です」

「そんなに簡単に届いちゃうものなんですか？」

「届いちゃうんですよ。って、こっちのツイートも……『今すぐクリックしてお小遣い稼ぎ』？　何やってんだ！　社外のうさんくさいアフィリエイトまで！　ヤバイな、ミニマル製菓の株価がとうとう下がりだした。これちょっと今すぐ」

「今すぐTwitter社に連絡してさ、凍結してもらえばいいんじゃないの、と思うでしょ？」

と室長が言った。

「はい、勿論です。できない理由がある、と？」

「そうなんです。それが、四七ソに調整をお願いした理由なんですよ。ひとつは、凍結してしまうと、事態沈静化と経緯説明を行うためのサブアカウントが存在しないため、即座の火消しができず、さらに炎上するリスクがあること。もうひとつは……」

清水主任は頭を抱えた。

「第一人事部の調査によると、信じられないことに、この乗っ取り犯らしきやつのＩＰアドレスが、Ｔ社内のものなんです」

第一人事部のＩＰ調査能力は桁外れだ。ＩＰさえ解れば、もう犯人は解ったも同然なんだが……。

「うち以外のどこかの部署なんですが、これ以上の調査は第一人事部の直轄部隊じゃないとコンプライアンスに抵触するので……」

「つまり、社内の他部署から攻撃を受けている、と?」

「はい、簡単に言えばそのような……あ、ちょっとすみません、着信が。エッ、なに?」着信を受けた清水さんの声が上ずった。

「……**五六シス**の人たちが来てる? 二人組で? エッ、事務部隊も?」

「まずいな。香田、奥野、現場急いで」

五六シスの名前を聞き、室長の顔つきが変わった。

緊急事態だ。

「行きましょう」

「はい」

おれも奥野さんと顔を見合わせ、頷いた。ブリーフケースを開き、チェック作業を飛ばして防弾ウェストコートを着用。立ち上がる。歩き出す。エレベーターホールへ。

五六シス。第五ＩＴ事業部第六システム運用課。

第二人事部が持つ、社内調整専門部署。

おれたち第一人事部の四七ソとともにT社内で暗躍する、もう一つの死神部隊だ。

「五六シス。お会いするのは初めてですね。身内と言っていいんですか？」

奥野さんが聞いてきた。

おれは返した。エレベーターの中の空気はピリピリしていた。答える前に、おれは一度、深呼吸した。

「身内は身内でも、犬猿の仲ですよ」


渦中にあるミニマル製菓のヘッドオフィスは、第二棟の二十四階西側。

途中で室長や清水主任と別れ、おれと奥野さんは廊下を進んだ。

すでに第二人事部の事務部隊二十人がフロアを占拠、封鎖していた。オフィス内からは、電話対応に奔走するミニマル製菓の社員たちの悲痛な叫び声が漏れ聞こえてくる。

おれたちならこんな事はしない。

危険を冒して小規模潜入が常だ。現場の人たちの仕事やモチベーションを可能な限り損なうことなく、病巣だけを調整する。だが、第二人事部はこれだ。

「あの、すみません……トイレ行きたいのですが……」

今まさに取引先とのクレーム電話対応を終えたと思しきミニマル製菓社員が、顔面蒼白で封鎖オフィスの中から出てきた。

「順番に並んでください」「スマホを一時没収します」「出入り時は必ず監視します」

第二人事部の事務方部隊が、スタン警棒をチラつかせながら言った。

「ハイ……」

青ざめた社員は言われるがまま、奴隷のような足取りでトボトボと監視員についていった。今にもフリークアウトして叫びだしそうだった。

（そんな扱いあるかよ）

おれは小さく舌打ちした。人事部の事務方部隊に包囲されて、あんな扱いされちゃ、まともな仕事なんてできないよ。頑張ってね、って声をかけてやりたいくらいだ。

だが、これが第二人事部のやり方なんだろうな。おれは大嫌いだよ。

「ちょっと通してください、四七ソです」

おれと奥野さんは、社員証を提示しながら、第二人事部の事務方包囲を越えていく。

「五六シスはいますか？」

「入り口ドアのところです」

おれは言われるがまま、認証ドアの前に向かった。


第一人事部と第二人事部は、方針もやり方もまるで違う。

そしてその実行部隊である四七ソと五六シスのメンバーも、もちろん全く性質が違う。おれたち四七ソはT社内の様々な部署から寄せ集められた、言わばはみ出し者の集団だ。人間性に関しては……あまりお行儀がいいとは言えない。

一方で、五六シスの連中はとにかく有能で、動きも組織立っている。構成員数は七名前後。オフィスハック能力を持たない奴もいるらしい。その代わり、事務方と連携して事にあたる。

さて、今回はどんな冷酷でおっかない奴が待っているのか。

そのシルエットが見え始めた。

認証ドアの前でおれたちを出迎えたのは、防弾ブリーフケースを持った男女のツーマンセルだ。その中に何が入っているかは、聞くまでもない。

「こんにちは、五六シスの雨宮《あめみや》です」

と、眼鏡をかけた地味《じみ》目《め》の女が言った。年齢はアラサーくらい。ちょっとかわいい。

「こんにちは、同じく五六シスの片桐《かたぎり》です」

と、その後ろに控えるロマンスグレーの髪の男。穏やかな表情だが、仕草一つで相当の修《しゅ》羅《ら》場《ば》を経験した切れ者だとわかる。

「どうも、四七ソの香田です」

「四七ソの奥野です」

おれたちは名刺交換を行い、笑顔を投げかけあった。

表面上は穏やかだが、その間には見えない火花が散っている。

「これは一体どういう事なのか、説明してもらえますかね？」

「株価への影響を重く見た第二人事部は、T社グループ全体への波及を阻止するため、対象部門を包囲、かつミニマル製菓の広報責任者を調整し、かつ、速やかに事態を沈静化させよとの命令を、本日1000《ヒトマルマルマル》に発動いたしました。事態沈静化までの猶予時刻は1230《ヒトフタサンマル》。それまで我々はここを封鎖し続ける予定です」

と雨宮が言った。

「ちょっと待って、そりゃおかしな話ですよ」

おれは流石に苦笑した。

「何がおかしいのですか？」

「確かに今回の事件は酷い。でも、この案件を担当するのはうちだ。ミニマル製菓は第一人事部の管轄のはずです。それに、ミニマル製菓は被害者かもしれないんですよ？」

おれの中で苛立ちが募る。今まさに炎上が続いて株価にまで影響を及ぼしてるってのに、何でこんな所で足止めを食らわなきゃいけないんだ。

「第一人事部の管轄、と、仰《おつしや》いましたか」片桐が眼鏡を直しながら言った。

「ええ」と、おれは鼻息荒く返した。

「我々もそう考えていたんですよ。ところがですねぇ、いざ探してみると、見当たらないんです」

「何がです？」

「ミニマル製菓事業部が第一人事部の管轄だという、正式な文書が」

「何だって？」

おれは唖然《あぜん》とした。

「まさか、そんな事が」

奥野さんも声を詰まらせた。皮肉にも、それを説明するのはおれの役目だった。

「いや、あるんです、奥野さん……」

確かにそうした事例は、過去にも存在した。T社は吸収合併と統廃合を繰り返すうちに、「どちらの人事部の管轄でもない」もしくは「どちらの管轄とも言い得る」宙ぶらりんの組織が誕生しうる。しかも、そこからさらに分裂することだってありうる。

解ってるさ、これも結局T社がデカすぎるのが問題なんだ。

そもそも何で人事部に第一とか第二とかがあるんだよ。

「事態は急を要しています。この場合、ミニマル製菓事業部は第一人事部、並びに第二人事部、双方の管理下にあるとみなし、先に調整命令を下した我々第二人事部がこの案件を担当することとなります」

雨宮が機械みたいな冷徹な口調で言った。

確かにその通りだ。社内規則上はそうなっている。

「あなたがた第一人事部に許されるのは、猶予時刻である1230《ヒトフタサンマル》までの立会いのみです」

「そうだよな、そうなるよな」

おれはため息をついた。室長の懸念どおり、睨み合いになっちまうか。

おれの苛立ちは限界を越えようとしていた。その時不意に、後ろから頭の悪そうな声が聞こえた。

「香田さん、ちょっといいスかあ?」

井上の声だった。その後ろにはアスカン君もいる。

「どうした、井上?」

「交代ッスよ、交代。あ、五六シスさん、初めまして、よろしくお願いします」

「交代って何だよ、井上」

「緊急で別の調整案件入ったんで、香田さんと奥野さんには、そっちに行ってもらえって」

「マジかよ。どこに?」

「大阪です」

「勘弁してくれよ。手当出ないんだろ?」

「そこで、これ。手当代わりの飴ちゃんだそうです」

井上はおれたちにインカムセットと飴を二つ手渡して、一瞬、マジな目つきになった。飴ちゃんの色は赤だった。

「室長から?」

おれが問うと、井上は無言で頷いた。

何をすりゃいいかは、もう解ってる。

「ハー」

おれは五六シスに背を向けたまま、大きなため息をついた。

「包囲立会いって初めてなんスけど、これ、ジュースとか買いに行っても大丈夫スか?」

「好きにしろ、どっちか片方残せばそれでいい」

「ワカリマシタ」とアスカン君が素直な返事。

「行きましょうか、奥野さん」

おれはインカムセットを奥野さんに手渡しながら言った。

「どこへです?」

そう言いながら、奥野さんも大方察してる表情だ。

「無茶しに行ってこいって事ですよ。詳しくはエレベーターの中で」

おれはヘラヘラと笑う井上と、心配そうなアスカン君を後に残し、廊下を歩きながら、インカムのスイッチを入れた。

『香田、奥野さん、聞こえてる？』

鉄輪のナビ音声が聞こえてきた。

『室長の業務指示をこれから伝える。現在時刻は10：30。猶予時間は二時間。12：30までに事態を沈静化させること。さもないと、第二人事部が動いて、ミニマル製菓は取り潰しになる』

「了解、問題部署の位置は摑めてるのか？」

『だから赤い飴なんでしょ』

「そうだよな、了解」

赤い飴の意味は明白だ。おれたちがこれからアタックを仕掛ける問題部署は、第二人事部の管轄領域内に存在する。下手を打てば、人事部同士の抗争に突入しかねない。

おれは鉄輪に短く返信し、赤い飴ちゃんを奥歯でガリッと嚙み砕いた。

テプラシール拳銃の入った防弾ブリーフケースが、いつになく重く感じる。

だがおれの口元にはむしろ笑みが浮かんだ。

やってやるぜ。


『これから状況と作戦を簡単に説明するね、オーケー？　音声はクリア？』

「はいよ」

「大丈夫です」

『目的地は……』

「大阪」

『そういうのはいいから』

鉄輪が冷たく言った。当然、大阪というのはブラフだ。赤い飴で井上はそれを知らせてきた。これから向かうT社社屋内のポイントがおれたちの本当の目的地であり、調整対象だ。

『問題部署はそこからそこそこ離れてる。第二棟の二十二階東ブロック』

鉄輪の声を聞きながら、おれと奥野さんはT社巨大複合社屋の中を進んだ。すでに内側には、強化ケブラーの防弾ウェストコートを着込んでいる。第二棟同士を繋ぐ十五階の空中廊下を通過し、スロープから透明螺旋《らせん》階段をずっと上がって……。

「つくづくどうしようもないな、ウチの社屋は」

『何？　どうしたの今更』

「今更とか関係ないよ。この気持ちを忘れちゃいけない。絶対おかしいって」

『だから何が』

「複雑すぎるだろ。ブチ抜きのエレベーター一つで全部行き来できるようにすりゃいいんだ」

『ああ。そういう事。それは仕方ないね。セキュリティの……』

「セキュリティ、何のためのセキュリティなんだよって話でしょ。テレビ局なんかはテロリスト対策でビルのつくりを複雑にしてるなんて話も聞いたことあるけど、ウチは何なの？　結局、社屋が迷路になってるせいで、系列会社間が極端に分断されちゃって、で、おれらみたいな調整部署を動かさないといけなくなってるわけでしょ。本末転倒じゃないか。グチャグチャだよ。パスワードもそうだけどさ」

『また溜まってる』

「溜まってるよ。ええと……それで、二十二階のどこだって？」

『うん、二十二階の、どこか』

さすがにおれはその説明に引っかかった。

「ハ？　どこか？」

『そう言うしかないんだよ』

おれをわからない子供扱いするような態度で、呆れたように肩をすくめる鉄輪の姿が見えるようだった。

『目星がついてる場所の地図情報がないんだよね』

「オフィスの引っ越しか何かか」

『そういう事。二十二階はこの半年で三回ぐらい引っ越しがあったみたいだから。二度目の会社が電話帳データベースの更新を適切にやらなかったせいで、情報が抜け落ちちゃったみたい』

「出た……」

おれは頭を押さえた。奥野さんが横目でおれを見る。

『いわゆる、地図にないオフィスってやつ』

Ｔ社社屋は迷宮だ。荒れ果てて立ち入り禁止の区域もあるし、今向かっている場所のように、そもそも地図に記録されていないオフィスもある。人の目の届きにくい区画では幽霊が出る噂もしょっちゅうあるし、社内での行方不明者も一人や二人じゃきかないはずだ。実際、手持ちのＩＤで通過できるゲートを考えなしに進んで奥の奥まで嵌り込むと、帰り道もわからなくなり、休憩所の自販機の飲み物ぐらいでしかカロリーの摂取もできないので、最悪の場合、栄養失調でダウンだ。

いや、人間は水だけでも二週間ぐらいはもつんだったか？

都市伝説……会社伝説としては、迷宮オフィスの奥の奥で、大麻の栽培やＭＤＭＡの精製なんかをやっている不良社員がいて、それを過労でフラフラしている社員に売りさばいているんだとか。

本当だとしたらキレた話だ。

「で、とにかく、その問題部署は地図上の空白地帯を利用して居座り、大麻の栽培じゃなく、悪質アカウントの操作をしている、そういう事か」

『大麻？　そう、悪質アカウント。そういう事。いつの間にか入り込んで、隠しオフィスを設営していた。で、そこからミニマル製菓の広報アカウントを動かしてるってわけ。接続Ｉ

Ｐの精査でとりあえず目星をつけた』

「うわッ！」

曲がり角に浮かび上がった巨大な影に、おれは怯んだ。

『何⁉』

「大丈夫ですよ。香田さん」

奥野さんが角を曲がり、壁に立てかけられていたモップを取った。床を照らすライトが、モップの影を化け物みたいに見せていただけだ。奥野さんが頷いてみせた。おれは赤面した。


それからどのくらい時間が経過しただろうか。おれたちは目的地を見つけ出す事ができていない。

二十二階をむなしくグルグル回っている。

『急いで、猶予時刻まであと三十分切ってるよ』

「十二時回ったか、腹減ってきたな」

おれは思わず呟いた。

「カロリーメイト食べますか」

奥野さんが言った。

「あ、いえ、お気遣いだけで」

「どうぞ」

奥野さんは袋を裂いて一つ口に入れ、もう一つをおれに差し出した。おれは会釈してポクポク食べた。フルーツ味だ。口に入れたまま、鉄輪に通信する。

「鉄輪ァ。なんかおかしいんだよなあ。そっちでわからないか」

苛立ちがつのり、おれは頭を掻く。

『地図情報を更新した。スマホ見て』

「見てる」

『見ての通り、廊下がグルッと囲んでるのよね。入り口がどこにもない区画を』

「そうだよ。もう三周してるが、なにも……んぐッ！　ゴフッ！」

『何？』

「いや、詰まった。こっちの話。三周してるが、それらしい入り口なんてないぞ」

「香田さん。ちょっとお願いします。すみません」

奥野さんが立ち止まって指を立て、おれに黙るよう合図した。

「……？」

「これは……」奥野さんは指を舐めて湿らせ、かざした。

「……これはおかしいな」

「どうしました」

「空気の流れがある」

奥野さんは壁に手で触れた。そして耳をつけた。奥野さんは目を見開いた。

「香田さん」

おれは奥野さんに倣って、壁に耳をつけた。おれは奥野さんと目を見合わせた。

『どうしたの？』

鉄輪が尋ねた。

「音だ。なんだろ。何か動いてる音が。壁の向こうから」

「ちょっといいですか！」

奥野さんが取り出したのは消火斧だった。そんなものを持参していたのか？ おれは慌てて後ろに下がった。

「フンッ!」

奥野さんはいきなり壁に消火斧を叩きつけた。

「フンッ!……フンッ!」

二度、三度と斧を当てると、壁にはありえない亀裂が刻まれた。奥野さんがとてつもない馬鹿力の持ち主でないとしたら、つまりそれは……。

「よいしょォ!」

おれは奥野さんと一緒に、亀裂が入った壁に前蹴りを食らわせた。

薄い壁が砕け、粉塵《ふんじん》がおれを咳き込ませた。そして、音の正体が今はっきりとわかった。

「これは……!」

奥野さんが進み出た。おれも続いた。度肝を抜かれた。

「なんだこりゃ……九龍城《クーロンじょう》か……?」

おれははるか頭上を見上げた。

高い。なんて高い天井だ。五~六階ぶんの高さをブチぬいた、縦に細長い吹き抜けの空間なのだ。足元にある照明ではとてもその上まで照らしきれない。おれたちは四角い闇に見下ろされている。しかも、四方の壁は、碁盤の目のように敷き詰められた換気扇で、びっしりと埋め尽くされている。ブンブンと音を立てて、その換気扇は今まさに稼動中だ。

こいつは尋常じゃないぞ。

「これが隠しオフィスですか」

奥野さんが言った。おれは答えあぐねた。

「なんか……すごいです」

そう言うのがやっとだった。あまりに強烈な空間なので、ごく普通に置かれている自動販売機に注目するのが遅れた。

「奥野さん。あれ。自販機と灰皿です。ここ、喫煙所なんですかね……?」

自販機は壁を埋め尽くす換気扇同様、絶賛稼動中である。つまり、ここは遺棄された区画ではないという事だ。

少し、待ってみるか。おれは奥野さんを促し、自販機の陰に身を潜めた。

五分も待たなかった。やがて、換気扇の並ぶ壁の一角が、どんでん返しのように動いた。

そこから若い社員が鼻をすすりながら現れた。えらく凝った仕掛けだ。おれと奥野さんは自販機の陰で身を縮めた。

そいつは呑気に自販機でミルクコーヒーを買い、灰皿のところで一服をはじめた。無数の換気扇が煙をきっちり吸い込む。これだけ換気扇があれば空調は完璧だろう。作られた当初は、当然、こんなタバコ休憩のための設備じゃなかったのだろうが……。

タバコを捩《ねじ》り消してから、ようやくそいつは異状に気がついた。

「あッ……えッ、壁ェ？」

そいつはおれ達が破壊した壁の穴から廊下に出て、様子をうかがった後、手に余るといった様子で戻ってきた。上席に報告するつもりだろう、そいつは足早に、もときた場所へ戻っていく。

おれは奥野さんに目配せし、一人で自販機を離れ、そいつの後ろについた。

テイルゲートだ。

そのまま回転扉を越える。その先はコンクリート打ちっぱなしの壁、狭い廊下だった。社員は数センチ後ろをついてくるおれに気付くことなく、

「ヤバ……ヤバイっしょ。さすがにヤバイっしょ！」

などと呟きながら、足を速めた。

「ちょ、ヤバ、ヤバイヤバイ」

人間、困ると笑ってしまうものだ。少し笑いながら、そいつはドアを開けて隠しオフィスに駆け込んだ。その後ろに死神を連れたまま。


「ヤバイよ！　壁が！　隠しオフィスがバレたかも！」

危険を告げる若手社員の声は、中から溢れるお祭り騒ぎの声にかき消された。

「イェーイ！　ミニマル製菓の株価、ガンガン下げてる！　超儲かるわ！」「ちょっとおれにもツイートさせてよ、トランプ！」「もうブロックされたって！」「ギャハハハハハ！　んじゃ、クリントン！」「もう二倍量ショートしちゃおうかなー！」

堕落だ。

どこかの営業部か広報部と思しき若手五、六人がソファに座り、机の上のＰＣ画面や手元のスマホを見せ合いながら爆笑していた。

数分前まで、おれが頭の中に思い描いていた光景は、スーパーハッカーの隠しアジトみたいにディスプレイがいくつも並んでいるやつだった。

それが、現実はこれだ。

隠しオフィスはコンクリート打ちっ放し。パーティションで区切られたそこそこ広い空間で、真ん中部分だけ、ＬＡで流行りのコワーキングスペースみたいに小洒落ている。おれは壁の本棚に並んだネカフェばりの品ぞろえの漫画本、エスプレッソ・マシンとバターコーヒーのカートリッジ、やたら高そうなソファ、変なデザインの照明器具などを一瞥した。

そして、そこで浮かれ騒ぐクソ野郎ども。

堕落だ。

おれの中の怒りが収斂《しゅうれん》していく。つい数分前まで、おれの苛立ちは第二人事部やT社の構造といったものへ散漫に向けられていた。その怒りが、このクソ野郎どもに集約していく。こんな浅はかなクソ野郎どものせいで、あの清水主任や、青ざめた顔で出てきた電話対応社員が血を吐きそうなほど苦しんでいるのかと思ったら、まあ、止まらないよな。

「何？」「壁がどうしたァ？」

「壁……壊されてた！」

「ていうか……そいつ誰？」

ソファに座っていた一人が、３Ｄプリント拳銃を持って立ち上がった。

「えッ？」

コーヒー缶を持った若手社員が振り返った。手がガタガタと震え、ミルクコーヒーが床にぶちまけられた。

いるはずのないおれに気づいたからだ。

「全員抵抗をやめろ、**四七ソだ！**」

おれは奥野さんの増援も待たず、調整用拳銃を構えた。

「人事部の犬にバレたぞ！」「殺せ！」「おい！　ヤバイ！　増援！　増援！」

クソ野郎どもはソファの上に置かれた３Ｄプリント拳銃や３Ｄプリントカタナを大慌てで構え始めた。さらに奥から、一ダース近い増援のお出ましだ。

「ここ絶対バレないんじゃないのかよ⁉」「クロキさん今どこ？　報告しろ、ヤバイって！」「スマホ守れ！」「ブッ殺せ！　とにかくブッ殺せ！」

クロキって誰だ。

ＢＬＡＭ！　ＢＬＡＭ！　ＢＬＡＭ！

「鉄輪、調整に入った。クロキってやつが関連部署にいないかどうか調べてくれ」

おれは防弾ブリーフケースで弾を防ぎながら前進し、右、左、右と順に発砲してクソ野郎どもをどんどん調整する。

BLAM!　BLAM!　BLAM!

ボンボリみたいな形の照明や、ダイナーに置いてありそうなネオンサインや、高そうなマッサージチェアが、流れ弾で景気良く破壊されていく。

『もう調べてる。そっちは調整急いで。タイムリミット、あと十分しかない。井上たちのほうもかなりピリピリしてきた』

鉄輪もそうとうイラついている。

「奥野さん、左右からいきます」

おれは後続の奥野さんに目配せし、展開する。

「了解しました」

BLAM!　BLAM!　BLAM!

奥野さんも険しい表情のまま、次々若手社員を調整していった。

三分後。

調整された一ダースの体と真っ赤なヨガボールが、冷たいコンクリートの床に転がっていた。おれと奥野さんの被害は軽微。おれは防弾ウェストコートに一発食らった。

普段なら、こんな寄せ集めの連中から被弾することなんてないが、いかんせんタイムリミットが迫ってる。おれたちはその中から、スマホを握りしめて白目を剝いている死体を発見し、奪い取った。

「これでいけるはずです」

奴らはおそらく、このスマホからミニマル製菓の Twitter アカウントにアクセスしていたはず。あとは、このアカウントがハックされていたことを書き込み、出来る限り納得のいく、わかりやすい説明をするしかない。

……で、それを誰がやるんだ。肝心のところを決めていなかった。

「よろしくお願いします」

奥野さんが言った。にわかに、おれの手が汗ばみ始めた。

「おれがツイートする……んですかね、やっぱり」

『早くして！　あんた朝、自信満々だったよね？　リスクマネージメントがどうとか』

「いや、そりゃそうだけど、心の準備がさ」

スマホを持つ手が震える。これから打つツイートが全部、何千何万とリツイートされると思うと、心臓がバクバク鳴り始めた。なんだこの緊張感は。敵部署に単身突っ込んでいくほうがまだマシだ。

『早く！』

「よし！」

おれは覚悟を決め、スマホを起動させる。指紋認証だったので、さっきの死体にもう一度握らせた。起動。Twitter。よし、おれが使っているのと同じクライアントアプリだ。

……いや、待て。表示がなにかおかしい。

「しまった」

おれは舌打ちした。

「どうしました、香田さん」

「おそらく奴らの最後のあがきで……Twitterアカウントを、削除されていたようです」

『ハァ？　どうなるの？』

胃が鉛のように重くなった。おれは自分の愚かさに呆れ果てた。

「まずいぞ、炎上は今どうなってる……？」

おれは祈るような気持ちでTwitterタイムラインを追った。おれの銃弾がもう少し早けりゃ、アカウント削除を食い止められたかもしれない。

クソッタレ。そのためにここまで凍結を渋ったッてのに。削除されちまったら、誰が事態を沈静化させるんだ？

「香田さん、Twitter知識でどうにかなりませんか」

奥野さんも悲痛な表情だった。

「すみません、さすがに無理ですよ……もう、祈るしか……」

おれは時刻を見た。もう12：15を回っている。

「でも、削除されたんですよね」

「そうです」

「では、少なくとも、もう不謹慎ツイートが流れることはないですよね。血が流れ出ている傷を塞いだ、と、言えるんじゃないんですか」

奥野さんが優しくフォローしてくれた。

「いえ、多分逆効果……」

おれはタイムラインの反応を流し読む……タイムラインには、ミニマル製菓のアカウントが突然消えたことを伝えるツイートが溢れかえっていた。

「えっ、消えた?」「さすがに凍結食らったかな」「トランプに怒られたんだろ」「こんな程度でミニマル製菓を許すな!」「そうだそうだ!」「株どんどん売っちゃえ!」「社員全員路頭に迷わせろ!」

やっぱりアカウント削除に意味はなかった。むしろ攻撃先を失ったことで肩透かしとなり、タイムラインの流速と過激さはさらに増している。

おれの頭の中に、今朝の満員電車の光景が蘇った。

なぜ人類は……こんなに、いがみ合うんだ……。

みんな、魔女狩りみたいな熱気に囚われている。トレンドにも「炎上」「ミニマル製菓」

などのワードが残りっぱなしだ。これを覆《くつがえ》すのは……あと十分かそこらで覆して、株価まで反転させるのは……無理か。

なら、おれたちの負けだ。第二人事部はもともと不採算だったミニマル製菓を解体するだろう。おれは無力感にさいなまれながら、それでも何度も下にフリックを繰り返し、タイムラインを更新し続けた。

「ん……?」

突然、タイムライン上の話題が変わり始めた。

「どうしました、香田さん?」

「他に何か大きなトピックが出たみたいです。みんなの興味が、そっちに移ってる……なんだこれ……」

おれは微かな望みを抱いた。言い方は悪いが、うちの炎上案件よりももっと下衆《げす》で大きな炎上案件が出た場合、タイムラインの興味はそっちに向くかもしれない。

「アッ……これ」

だがおれが見つけたのは、炎上よりも遥かに気高い行いだった。

「モギモギだ……」

おれはTwitterのタイムラインを追った。スマホを持つ手が震え始めた。

「どういうことです?」

「YouTuberの、モギモギですよ……! 茂木さん! ほら、元ミニマル製菓の社員の!」

おれはすぐにTwitterからリンクされているYouTubeの生配信チャンネルを開いた。

白い部屋でソファに座った、いかにもYouTuberな感じの青年が、カメラに向かって語りかけていた。

『エー、あらためましてこんにちは、モギモギです。今日はみなさんに、すごく大切なお知らせがあります。こんな話、聞きたくなかったって人もいるかもしれないですが、よろしくお願いします』

「何が起こるんですか?」

「見ているしかありません」

おれはゴクリと唾を飲んだ。

『今日これから話す話……それはですね、最近動きがおかしくて、今日炎上しちゃった、ミニマル製菓のTwitterアカウントのことなんです。あれは実は、悪い人に乗っ取られていました。それが発覚して、今、悪い人が、最後の悪あがきで、アカウントを削除したんです。だから、復元されるまで、しばらく、公式のアナウンスってのができません。そういうニュースが、僕のところに入ってきたんです。ミニマル製菓さん、凄い困ってます。もちろんアカウントを取られたのは悪いこと。でもこの行き過ぎた炎上、すぐに止めないと、大勢の人が悲しんじゃうことになる。その家族も』

モギモギはわかりやすく真摯《しんし》に語り続けた。

「頑張ってくれ……!」

おれはスマホを割りそうなほど強く握りしめていた。

『だから、モギモギは今日突然、予定にない生配信を始めました。お昼休みの間にせめて、炎上が少しでも沈静化したらいいなって思ったんですね。そして、何でこういうことを僕が全部知ってるかっていうと……』

モギモギはしばらく言い淀《よど》み、決心したように、再び語り始めた。

『あのアカウントは実は、もともと僕が始めたんです。今まで特にプロフィールとかは出してこなかったですけど、僕むかし、ミニマル製菓の社員だったんですね。だから今もお菓子ネタ多いんですけど』

おれはタイムラインを確認した。

凄い事が起こっていた。

「すごい、すごい拡散してますよこれ。モギモギが配信中に打ったツイートも、更新押すたびに千くらいずつリツイートが増えて……」

おれは興奮のあまり、スマホを持つ手が震えてきた。

「つまり、大勢の人に、伝わってるって事ですか？」

「そうです、伝わってます、伝わってます」

おれは再び生配信に見入る。

『あ、質問きてますね。モギモギ本当かよって。確かに思いますよねー。僕いつも適当な事ばかり言ってますし。でもこれ、ちゃんと証拠があるんですね。えーと、清水さん、ちょっとこっち来てもらっていいですか？ ジャーン、この方が、僕の元上司の清水さんです。清水さん、すみません。僕が急に会社やめた時は、本当にご迷惑をおかけしました。しかもYouTuberになっちゃって……はは……すみません』

「え、清水さん？」

『あ、どうも、ミニマル製菓の清水です。これ、社員証です。この度は皆様にご迷惑をおかけして……』

「あー、清水さんだ……滑舌悪いけど、すっげえ頑張ってる……。あの後、モギモギのとこまで説得に行ってたんだな……多分この行動も、かなり、無茶してるよ……」

おれはなんだか涙目になってきた。

配信はその後もずっと続き、今回の経緯だけでなく、モギモギの広報アカウントに対する想いまで語られ始めた。おれは夢中になって聞いていた。YouTuberとか一緒くたにバカにしてたけど、凄いんだな。

その時、インカム越しにアラームが鳴った。おれは現実に引き戻された。

「おっと」

制限時間が来たのだ。やれるだけの事はやった。これで無理だったら、もうどうしようもない。おれの判断ミスのせいだ。スマホを操作してる奴を最優先で調整すべきだったんだ。

おれは半ば自暴自棄になって、ため息をついた。

鉄輪からの報告を待つ。現場には井上とアスカンがいる。鉄輪はそっちの動きも把握してるはずだ。

だが、おれに声をかけたのは鉄輪ではなく、奥野さんだった。

「香田さん、やりましたね……！」

いつになく強い口調で、おれの肩を叩いてきた。奥野さんのボディタッチは珍しい。

「どうしました？」

「あれを、見てくださいよ。株価、後場《ごば》でプラス圏に一気に浮上したんです！」

指し示す先は、ＰＣの画面に映し出されたミニマル製菓の株価だった。

さっきまで炎上で真っ赤だったのが、緑になっていた。奇跡的に、12：30の時点でミニマル製菓の株価はプラス圏まで浮上していたのだ。

「エッ、マジで？　こんな事あるんですか？」

おれはちょっと地が出ていた。

「ありますよ！　乗っ取り犯の調整と、生配信が効いたんですよ！」

『やったよ！　凄いよ！』

固唾をのんで見守っていた鉄輪も、それに気づいたようだ。こんな嬉しそうな鉄輪の声を聞くのは久々だ。

「あー、やった、ビックリした、本当」

おれも少し事態が信じられず、片手で頭を抱えたまま笑った。

「嬉しいなあ、こんな嬉しい調整、めちゃくちゃ久しぶりだ」

緊張が解けて、思わずヨガボールの上に座り込んだ。

モギモギの配信はまだ続いていた。

「これで第二人事部の包囲も解かれますね」

と奥野さん。

「そうですね。なあ鉄輪、おれたちはどうしたらいい？　もうちょっとここでゆっくりして、配信でも聞いてたらいいのか？　それとも……」

『ちょっと、井上、何起こったの⁉　銃声⁉』

突然、鉄輪のパニクった声が混線してきた。

「どうした⁉」

しばしの沈黙。

「動きましょう」「ええ」

返信を待たず、おれと奥野さんは頷き、もう走り出していた。井上に何かがあったとすれば……予想される結末は、もう聞くまでもない。

『香田、奥野さん、聞いて！　ミニマル製菓のヘッドオフィスで調整が始まってる！』

思った通り、ロクでもない事が次から次にやってくるな！

「第二人事部がやったのか⁉」

『そう、既にミニマルの社員が何人か調整された！　二人とも、すぐ向かって！』

「何でだよ⁉」

おれは叫んでいた。心からの叫びだった。

『知らないよ！』

「何でだよ⁉　おれたちも、清水主任も、モギモギも、めちゃくちゃ頑張ったじゃないか！株の下落も止まって、事態も沈静化したろ⁉　何が不足なんだよ！」

『私だって叫びたいよ！　クソッタレ！　睨み合いから第二人事部が強行したっぽい！　あ

あ、クソッ……！　とにかく、急いで！　室長も向かってるから！　井上とアスカン二人じゃ持たないよ！』

「クソッタレ……」

おれはもう一度叫んだ。

「クソッタレ！」

なんでこんな事になるんだよ。全部丸く収まって、それでいいじゃないか。そんな日があったって。

待てよ。

第二人事部の奴ら、もしかして、ハナから調整と解体ありきで仕掛けてきたのか？

おれの中に、悪いバイブスがどんどん流れ込んできていた。

BLAMBLAMBLAMBLAMBLAM!

「四七ソが増員したぞ！」「警戒しろ！」「西手、制圧射撃！」「一般社員の保護急げ！」

おれたちを出迎えたのは、オフィス北側陣地、第二人事部側からの射撃と怒声だった。

「なんだこりゃ、うわっ」

おれは夕立に降られたサラリーマンみたいに、防弾ブリーフケースで頭部を守りながら駆け、デスクの陰に滑り込んだ。そこにはアスカンと井上がいて、すぐに奥野さんもおれに続いた。

「井上、アスカン、大丈夫か!?」

「あ、香田サン、来てくれてよかッタです。不安でした」

アスカン君は青ざめている。

「奥野さん、援護入ります!」

BLAMBLAMBLAM!

井上がデスクの陰から身をさらし、北側に射撃を行い、奥野さんへの攻撃を軽減した。

「あっぶな」

銃弾がかすめ、井上は慌ててデスクの陰へ。おれと肩を寄せ合う。タコツボってやつだ。

BLAMBLAMBLAMBLAM!

おれたちの味方、第一人事部側の事務方部隊も応戦のための射撃を開始した。断続的に銃弾が飛び交い、オフィス観葉植物を破壊し、防弾パーティションに跳ね返って甲高い音を立てる。ミニマル製菓のヘッドオフィスは、さながら塹壕《ざんごう》戦の様相を呈していた。

第一人事部と第二人事部の不仲、ここに極まれりだ。

「鉄輪からおおよそ聞いてるが、状況説明してくれ、井上」

「多分、ここにいる誰も完全には把握してないと思うんスけどね」

井上は息を切らし、マガジンを交換しながら要約を開始した。


戦場はミニマル製菓ヘッドオフィス。南北に長い、長方形のオフィスだ。オフィス机が約二百台。防弾パーティションで即席のバリケードが展開され、ほぼど真ん中で二分されている。中央の緩衝《かんしょう》地帯には、頭を撃ち抜かれた事務方やミニマル社員の死体が五つと、真っ赤なヨガボールが転がっている。

第二人事部と五六シスが北側、第一人事部と四七ソが南側に陣取り、それぞれの出入口をおさえている。事務方の増援が徐々に到着中。もうすぐ合計四十人を超える。

まずいヒートアップの仕方だ。

フロアの東はガラス張り。西に廊下とエレベーターホールがあり、セキュリティドアは北側と南側にひとつずつ。このドアはそれぞれ、五六シスと四七ソがおさえている。

廊下側でも小規模なバリケードが作られているので、お互い、自分たちの確保しているドア側から増援を送り込み続けている恰好だ。自衛手段を持たないミニマル製菓の一般社員は、南北の陣地に二分され、それぞれの人事部に保護されている。


「保護だって？」

おれは舌打ちした。

「向こうが強引にミニマル製菓の調整を仕掛けたんじゃないのか？」

「食い違ってんスよね、言い分が」

「どういうことだよ」

「向こうが言うには、ミニマル製菓の一部の社員がヤケになって、先に第二人事部の包囲事務方を銃で撃ったと。それを調整したところ、第一人事部の事務方と戦闘になったと」

「それで？」

「今度はうちら第一人事部からの流れ弾が、ミニマル社員に命中したって主張してんスよ。で、保護のためにこうしてると。一般社員に被害が出たのは、全部うちらの責任だって言いたいっぽいスよ」

「泥沼だな。結局、どうなんだ？」

「ミニマル社員も、第一人事部の事務方も、第二人事部の事務方も、みんな揃って緩衝地帯で倒れてますよ。誰が最初に撃って、誰が最初にやられたかなんて、もう全然わかんないスよ。で、どっちも自分たちの責任だなんて認めたくないから、そっちが先にやっただの、やってないだので」

BLAMBLAMBLAMBLAMBLAMBLAMBLAM!

事務方の制圧射撃合戦の銃声は、まるでヒートアップし続けるヤジの飛ばしあいのように、どんどん大きくなっていく。同時に、オフィスに置かれたミニマル製菓の菓子の見本や、丸文字フォントの可愛らしいロゴ看板や、マスコットのミニマルくんの人形が、銃弾で穴だらけになっていく。ネット上の炎上は収まったが、当然ながら関係各社までその情報が伝わっているはずもなく、取るもののいないクレーム電話が鳴り続けている。この世の地獄だ。

「クソッ、このまま関連部署まで動員するとなると、ヤバイぞ」

おれは舌打ちした。「ハイヌーン・カフェテリア事件」並の犠牲者が出る。しかも、下手をしたら人事部同士の全面戦争に発展しかねない。

直後、第二人事部側の事務方部隊から絶叫。

「アーッ！」「四七ソにやられたぞ！」「対応急げ！」「五六シス、五六シス、東側に援軍を！」

BLAMBLAMBLAMBLAMBLAMBLAMBLAMBLAM！

「突入？」

おれは周囲を見渡した。三台続きのデスクの陰には、おれと奥野さんと井上とアスカン君。

四七ソの全戦力は、ほぼこの中央部に位置するはずだ。

なら突入したのは誰だ？

「鉄輪！　これどうなってんだ⁉　事務方がやってるのか⁉」

『確認中！　こっちも情報錯綜《さくそう》！　そろそろキャパ超えちゃうよ！』

「鉄輪、監視カメラと**ショルダーサーフ**で何とかならないか⁉」

『無理！　監視カメラが全部破壊されてる！　みんなのインカムにある視点カメラだけが頼

り！』

「室長は⁉」

『上の承認を取りつつ、そっちに向かってる！』

「クソッタレ……！　急いでくれよ……！」

おれは奥歯をかみしめた。せっかく炎上を止めたってのに、結局T社の構造的欠陥のせいでミニマル製菓は被害を受けるのか？

「ヒイイイイイ！」「助けてエーッ」

第二人事部側に保護されていたミニマル社員数名がパニックを起こし、緩衝地帯を越えてこちら側に逃げ込んできた。おいやめろ、調整されるぞ。

「援護します、奥野さん」

「はい……！」

BLAMBLAMBLAMBLAMBLAMBLAMBLAMBLAM!

おれたちは危険を冒《おか》して立ち上がり、デスクの上に並び立って敵の弾を集め、一般社員の保護を手助けした。無事、避難者たちは南側の陣地に逃げ込み、第一陣の事務方部隊がそれを保護していく。

そろそろ限界だ。おれと奥野さんは机から飛び降り、またバリケードの陰に隠れる。

短い睨み合いの後、今後は南側から不意に悲鳴が上がった。

「や、やられました！　侵入されています！」「事務方二名死傷！　ミニマル製菓の課長、負傷！」「四七ソ、増援願います！」

マジかよ。

「鉄輪、被害は本当か⁉」

『確かにやられてる！　東側の奥のほう、一番事務方の防御が厚いところの裏をやられた！』

おれたち四人が中央部を守ってるんだぞ？

「アスカン、敵の突破は見えたか⁉」

「誰も緩衝地帯越えてないデすよ！」

「奥野さん、ドア側は⁉　裏側から入られてッてことはないですか？」

「ありません！」

なら何故だ。わけがわからない。まるで見えない死神だ。膠着《こうちゃく》して塹壕戦になったオフィスの端から端に渡って攻撃を仕掛けるなんて芸当は、それこそ、オフィスハック能力でも持ってなけりゃ……。

「おい、もしかして」

おれは汗を拭った。

「五六シスに**テイルゲーター**が居るってことか」

「あ……」

井上が理解したようで、眉をひそめた。

「さっきも、同じようなことが起こったんスよ、そういえば。緩衝地帯から逃げ遅れたミニマル社員が、こっちの陣地に来る……それに合わせて、完璧に守ってたはずのこっちの陣地内に攻撃が加えられた……」

おれは午前中の睨み合いを思い出した。

「向こう、五六シスの増援は来てるのか？」

「いや、来てないと思います」

『五六シス、二人しか動かしてないよ、それは確か！』

「てことは、五六シスの社員はまだ二人か？」

「そうスね、多分」

おれはこめかみに指を押し当て、今朝の光景を思い出す。

（（（「こんにちは、五六シスの雨宮です」と、眼鏡をかけた地味目の女が言った。年齢はアラサーくらい。ちょっとかわいい。「こんにちは、同じく五六シスの片桐です」と、その後ろに控えるロマンスグレーの髪の男。穏やかな表情だが、仕草一つで、相当の修羅場を経験した切れ者だとわかる……）））

おれは防弾パーティションから一瞬、頭を出して、敵方の陣地を確認した。

片桐が第二人事部の事務方部隊を指揮しているのが見える。

だが、雨宮の姿が見当たらない。

『みんな聞いて、もうすぐ室長がそっちに到着するよ！』

もしかして、雨宮が**テイルゲーター**か……？

「香田サン、また避難者、来ます！　ヨガボールにつまずいて、転んでます！　危ないヨ！」

アスカン君が悲鳴をあげた。おれの思考は途中で止まった。だいぶ頭に血が上っていたんだろうな。おれはデスクの上に飛び出し、書類を撒き散らしながら走って、走って、緩衝地帯へと到達した。防弾ブリーフケースが甲高い悲鳴をあげていた。

『香田、ちょっと……！』

鉄輪の声がザラザラした耳鳴りの向こうに遠ざかる。危ない兆候だ。過剰なアドレナリンのせいだ。それでも、おれは止まらなかった。必死であたりを見渡し、逃げ遅れた避難者を見つけ、流れ弾を防ぎ、叫んだ。

その時だ。

五六シスの片桐が塹壕パーティションから姿を現した。その横には雨宮もいた。ずっと陰に隠れていただけだった。

片桐はおれを指差し、叫んだ。

「あの男が**テイルゲーター**に違いない！　四七ソの**テイルゲーター**がミニマル社員を殺している！　全てあちらの仕組んだ罠だった！」

まずいぞ。全身から血の気が引いていった。

「四七ソ！　これはそちらの差し金か⁉　それとも、その男が裏切り者か⁉　サカグチの息のかかった内通者か⁉」

雨宮も叫んでいた。

おれの考えが甘かった。向こうもまったく同じことを考えていたんだ。


BLAMBLAMBLAMBLAMBLAMBLAMBLAM!


ものすごい銃弾の雨に叩かれながら、おれは何とか南側の塹壕陣地へと逃げ込んだ。脇腹が痛む。また一発。防弾ウェストコートを着てたって痛いものは痛い。そろそろ限界だ。

逃げ遅れた社員はどうなった？　振り向くと、転んでいたミニマル女性社員が匍匐《ほふく》前進でどうにか南側に避難するのが見えた。おれは胸を撫で下ろした。

『ちょっと、香田！　死ぬよ!?』

鉄輪の絶叫がインカムから溢れた。耳がキンキンする。さっきまで集中し過ぎて、まるで聞こえていなかった。

「いや、悪かっ……」

「おい、香田ァアアアアア！」

南側、セキュリティドアのところで、室長がおれを睨んで叫んでいた。

人を調整する時の、ものすごい形相だった。

こんな室長を見るのは、年に一回あるかないか……そして無論、それは敵に対する時の態度だ。おれたちがどんなにマヌケな失敗をしようと、室長がこんなキレ方をする事などない……はずだ。

なら、これはどういうことだ。

「アアアアアアアア！」

室長の手には、大口径のバカでかい調整用リボルバーが握られていた。

アドレナリンのせいで、悪夢の中みたいに全ての動きが遅く見えた。待ってくれ、室長、おれじゃない。おれは裏切り者じゃない。

とっさに両手を広げ、反論しようとしたが、もう遅かった。

「そこ、動くなァアアアアアアアアアアア！」

室長はおれ目掛けて拳銃の引き金を引いた。

BLAM!

視界がＭＡＴＲＩＸみたいにゆっくりになり、銃弾がおれに向かって飛んできた。

離れていても、耳がキンキン鳴りそうな銃声だった。

おれの頭の中に妻子の顔がよぎった。マイリトルポニーの縫いぐるみが視界を飛び回る。

忘れてた。今日は誕生日じゃないか。そういえば最近、夕食後に全然遊んでやれてなかったな。仕事と投資と将来のことで頭がいっぱいで、不安で。ごめんな。


「うッ」

という低い呻き声とともに、弾丸は左肩の付け根辺りに命中した。

だが幸運な事に、おれの左肩じゃなかった。付け加えるなら、呻き声もおれの声じゃない。

「かッあああッ畜生……！」

「エッ⁉」

おれは斜め後ろを振り向き、声の主を確認した。

長い黒髪と鋭いライン状に剃られた髭。微光沢の黒スーツ上下を着て、足元はダマスク柄の青いタッセルローファー。どうみても胡散臭い社外コンサルだ。

「香田ァ！　そいつがクロキだ！」

室長が叫んだ。室長のオフィスハック能力、**ザ・ウォッチ**は、相手の外見や行動を一瞬見ただけで、その内面、心の動きをほぼ完璧にプロファイリングする。のみならず、相手が使ったオフィスハック能力をも見破れる。

ッてことは、こいつは。

アドレナリンで沸き立つおれの頭の中、ものすごい早さで思考が駆け巡る。

((……「クロキさん今どこ？ 報告しろ、ヤバイって！」……))

そうか、こいつがクロキか。黒幕か。こいつがいつの間にかミニマル製菓のヘッドオフィス塹壕戦に潜伏していて、第一人事部と第二人事部の同士討ちを狙ったんだな。そして今、おれの背後にテイルゲートしてやがったのか……！

「香田ァ、そいつを仕留めろ！ 五六シスと話をつける！」

室長が北側に向かう。

「ハイ！」

BLAMBLAMBLAM！

おれは三点バーストでクロキを狙った。視界のスローモーションは終わりを告げ、反動から、早回しのようなスピーディーさで行動と行動の合間が欠落していく。

「クソガキ……！」

クロキは吐き捨て、防弾ブリーフケースを掲げて射撃を防いだ。

BLAMBLAMBLAM！

おれは射撃を続け、クロキを追う。

「待機部隊！　突入しろ！　どのみち、内部犯行がバレたら、お前らもう終わりだぜ！」

クロキは携帯でどこかに命令を入れた。

まずいな、と感じた直後、エレベーターホールや非常階段の側から、３Ｄプリント拳銃や３Ｄプリントカタナを持ったならず者社員たちが雪崩《なだ》れ込んできた。まるでメキシコの酒場でくだを巻いていそうな、屈強なやつらも混じっていた。

「ウオオオオオ――――ッ！」「こうなったのも全部人事部のせいだ――――ッ！」「やってやらあああ――――ッ!!」

BLAMBLAMBLAMBLAMBLAMBLAM！

第一人事部は完全に不意をつかれた。ソードオフ・ショットガンの一撃で事務方の一人が吹っ飛び、パーティションをなぎ倒した。四七ソが応戦を開始する。鉄輪がすぐに照合を行う。あの隠しオフィスにいたのと同様、クロキの息がかかった連中だった。

「ハハハハハハ！　午前中の炎上だけで、しこたま稼がせてもらったからなア！」

クロキはテイルゲートの連発で銃弾を回避し、手下たちの間に飛び込んだ。

「お前ら、生き残ったら取り分山分けして東南アジアに逃がしてやるぜ！　死ぬ気で闘えよ！　バカンスしようぜ！」

「「「ウアアアア――――――ッ！」」」

追い詰められたならず者社員たちが、手に手に銃を持って襲いかかる。

BLAMBLAMBLAMBLAMBLAM!

背後を突かれたおれたちは、乱戦に巻き込まれた。

四七ソは率先して机の上に飛び乗り、調整慣れしていない事務方を守りながら戦わなくちゃいけない。

BLAMBLAMBLAMBLAMBLAM!

銃弾が集まる。ここまでは想定内だ。

「マズ……」

酷使し続けていたおれの防弾ブリーフケースが、ついに取っ手部分から壊れた。現場を立て続けに二つもこなすのは流石に無茶だったのだ。順調な井上とアスカンにいったん任せ、おれは机から飛び降りて、パーティションの陰でマガジン交換を試みた。

その時だ。オフィス観葉植物の背後から、ダニー・トレホに似た、いかついならず者社員がヌッと現れた。

「人事部の犬どもを皆殺しだ———ッ！　T社なんざ潰れちまえ———ッ！」

その手には、ソードオフ・ショットガン。なんでこいつを見逃してたんだ。

「香田さん……！」

数メートル離れた場所で、奥野さんが気づいた。奥野さんは支援射撃を行おうとする。だが遠い、遠すぎる。

おれは反射的に手をかざし、頭を下げた。もうだめだ。

BRAKKA!

ソードオフ・ショットガンの一撃が放たれた。

だが……おれはまだ生きていた。

「香田さん！」

BLAMBLAMBLAM!

奥野さんの声と銃声!

「アーッ!」

厳つい髭のショットガン社員は後頭部に銃弾を食らい、そのままゆっくりと仰向けに倒れ、赤いヨガボールの上でバウンドした。

BRAKKA!

そのはずみに、絶叫じみたショットガンの最後の一撃が、天井に向かって吐き出された。

「ナイッシューです、奥野さん……」

おれは恐る恐る顔を上げ、目を開いた。いったいおれは、どうやって最初の射撃をしのげたんだ?

その答えは、おれを守る防弾ブリーフケースのファランクスだった。おれを助けてくれたのは、男女二人のツーマンセルだった。

「五六シス……!」

おれは驚いて口に出していた。雨宮は小さく頷いた。

「今回の衝突は、外部コンサルタントのクロキによって仕組まれた策略と判明。第一人事部と第二人事部の共倒れを画策《かくさく》したものと、第二人事部は判断しました」

「これより、四七ソと協調して事に当たります。……香田さん、すみませんでした」

片桐が言い、即座に反撃の調整を開始した。

BLAMBLAMBLAMBLAMBLAMBLAM!

おれに背を向けたまま、五六シスのバディは見る間に戦線を押し上げていく。

「我々は五六シスだ！　これより直ちに社内調整を開始する！　抵抗する者は全員この場で容赦なく調整する！　これは最終調整だ！　繰り返す！　これは最終調整だ！」

ああそうだ、こいつらは態度より行動で返すタイプだった。認めるのもシャクだがこんな時は流石に頼りになる奴らだ。

「だから言ったじゃない、香田ちゃあン」

室長がおれの肩を叩いた。

「身内疑ったって始まらないってさア」

「本当、そうですね、すみませんでした。あいつを絶対に仕留めます」

「健康管理行かなくて大丈夫？」

「まだいけます」

「頼むよ」

室長がおれの肩を叩き、防弾ブリーフケースを手渡して、送り出した。そこからおれたちの攻勢が始まった。

BLAMBLAMBLAMBLAMBLAM!

「奥野さん」

「はい」

「後方のミニマル製菓社員を守るため、うちもファランクスでいきます」

「了解です」

おれたちは肩を寄せ合い、銃弾を弾きながら前進した。横をちらりと見ると、井上とアスカン、室長もパーティションを使って応戦している。

『なンで私はここで見てるだけかなァ！』

鉄輪が不満そうに唸った。多分そういう血に飢えたところのせいだよ。

BLAMBLAMBLAM!

おれと奥野さんはデスクの上に飛び乗り、高所の利を使って周囲の敵をどんどん調整していった。

東の窓から差し込む午後の光が、いやに眩しかった。そこらじゅうでデスクの書類束が鳩の群れのように舞っていた。

四七ソから五人、さらに五六シスの正社員二人がいる状態で、ならず者社員たちに勝ち目はなかった。だが、おれの狙いはそいつらじゃない。おれは気を引き締めた。そして獲物を見据える。堕落した社員を盾として逃げ回る、クロキを。

BLAMBLAMBLAM！

おれと奥野さんはクロキを追い詰めていく。クロキは狡猾な**テイルゲート**で社員の陰から陰へと飛び渡り、物陰からの射撃でおれたちを翻弄したが、室長の**ザ・ウォッチ**がそのたびに奴の居所を看破した。

今度こそ逃がすもんか。サカグチの二の舞はごめんだ。

おれは廊下を駆け、必死にクロキを追った。

やつは逃げながら、後方に何発も打ち込んでくる。振り向きざまだってのに、なんて精度だよ。おれと一緒に駆けていた第二人事部の事務方二人が、頭を撃ち抜かれて死んだ。仲間がいなかったらおれも危なかった。間一髪でそれをかわし、狙いを定めて、撃った。

BLAM！

銃弾が貫通し、クロキのスラックス左腿の前後ろ両側、まるで火薬でも仕込んだかのようにパンと爆《は》ぜて、丸い穴が空いた。

「しまった……！」

クロキはエレベーターまであと一歩のところでつんのめり、転がった。

拳銃がシャーッと床を滑り、壁にぶつかった。

おれはそれを靴で踏みつけて奪い、銃口をクロキに向けた。

「サカグチのこと、知ってるよな？」

時計の針は午後三時。四七ソはおやつタイムを迎えていた。

四七ソのオフィスにいる者は、あらゆる作業を切り上げ、強制的におやつを食べねばならない。それが室長の定めた法だ。

「いやあ、大変だったねえ、香田ちゃん。ビックリさせちゃってメンゴメンゴ」

室長はおれにインスタントコーヒーを淹れ、その紙コップを手渡してくれた。

メンゴって。

「いや、大丈夫ですよ。室長に撃たれるわけないって思ってましたから」

「どうして?」

「いやホラ、その辺は、信じてますよ」

「嬉しいこと言ってくれるじゃん香田ちゃ〜ン!」

室長は豪快に笑い、三角巾を吊ったおれの肩をバンバンと叩いた。

「いたたたた、痛いっすよ」

この程度で済んだのが奇跡だ。そのくらいヤバい状況だった。

あの後どうなったか。

……クロキをエレベーターホールに追い詰めたおれは、第一人事部の事務方部隊が到着するまで、銃を構え、クロキと睨み合いを続けていた。クロキは小さく両手を上げて降参の意を示しはしたが、口を割ろうとはせず、不敵な笑みを浮かべ続けていた。

今頃は第一人事部の社員留置場で、取り調べとインタビューが始まっている頃だろう。クロキをどちらの人事部の留置場に入れるかで、上がまた無駄にモメなければの話だが。

「ミニマル製菓はどうなりました？　取り潰しの件は？」

「株価も戻ったし、白紙撤回。あの放送の中で、モギモギが今度ミニマル製菓のYouTube番組を特別にやるって話になった。マスコミからもポジティブな取材申し込みが殺到しているらしくって、手のひら返したよ。まあ現金なもんだよね、上はさァ」

「うわあ。でも良かった……。考えうる限り、最高の幕引きじゃないですか」

「削除されたTwitterアカウントは、私が復元させて清水主任に返してあります」

奥野さんが言った。

「あとは全てミニマル製菓がうまくやるでしょう」

「アカウント復元？　すごい手際ですね」

ダンプスター・ダイヴって、もしかしてシュレッダー文書をつなぐだけじゃなくて、そういう電子的な修復もできる能力なのか？

そう言いかけて、奥野さんの机の上をチラリと見ると『わかる仮想通貨』『はじめてのTwitter』などの本が置いてあるのが見えた。

そうか、流石にそうだよな。たぶんTwitterにもともとある機能なんだろう。奥野さんはつくづく勉強熱心だ。おれも見習わないと。

おれのテンションを察し、奥野さんは謙遜した。

「いやいや、私なんか全然。今回はぜんぶ香田さんのお陰です」

「うんうん、二人ともご苦労ちゃん。でも特に今回は香田がよくやった」

「急に何ですか。今までに室長からそんなに褒められた事ありましたっけ？」

少し嫌な予感もしたが、素直に嬉しかった。おれは照れ隠しで視線をそらし、ひよこ饅頭を頭からかじった。

「鉄輪、例の報告、香田に聞かせてあげて」と室長。

「ン」

鉄輪は細いストローでチュチュッとチョコラBBを吸い上げ終わると、ひよこ饅頭の包みを剥きながら言った。

「クロキの件ですね」

「そうそう」

「何か解ったんですか？　クロキとサカグチの繋がりは？」

表情が硬くなったのが自分でもわかった。

「強情な奴でねえー、まだ全然クチを割らないらしいよ。今回はあくまで物的、電子的証拠から得られた経過報告。鉄輪、お願いしていい？」

「第一人事部の分析課からの経過報告をザッとまとめて読み上げるよ。やっぱり今回の黒幕はクロキ。あのあと例の隠しオフィスから、他にも数個のスマホが押収されたんだけど、そこにはT社グループ内の零細部署の Twitter 広報アカウントが五、六個入っていたッて報告。詳しくは、これ」

鉄輪はオペレーター専用のタブレット端末でパパッと資料を見せてくれた。見覚えのある部門ロゴマークもいくつか見えた。

「それって、つまり……」

「ミニマル製菓は、乗っ取られていたTwitter広報アカウントの一つに過ぎなかった。奴らはいくつも爆弾を隠し持っていた。あの強行調整に失敗したり、取り逃がしたりしていたら、次の爆弾を連鎖爆発させていたかもしれないッてこと。まあ要するに、早期解決できて良かったねってこと」

「そういうこと。お疲れちゃん、お疲れちゃん」

「ホントですか、良かった。これ……金一封に繋がりますかね？」

「そこはさァー、もちろん上に言っとくけど、ダメでも恨まないでよ」

いつもの逃げ口上だ。大丈夫、給料についてはもともと何一つ期待していない。

「解ってますって」

おれは苦笑いしながら、奥野さんと目を見交わし、各々の席に戻った。クロキとサカグチの関係は気になるが、ここから先はおれたちの管轄じゃない。関心は持つべきだが、首を突っ込みすぎても良くない。現場は現場の仕事をするだけさ。

「アスカン君、井上も、おつかれさん。塹壕戦の時は、援護ありがと」

「ハイ、香田サン、大きなケガじゃなくて良かった」

アスカン君が笑顔で頷いた。いい子だなあ。

井上は相変わらずヘッドホンで曲を聴いている。こいつは完全にアホだ。おれが室長だったら絶対こいつに金一封はやらない。

「いやあ、それにしても今日一日は濃密だったなあ……。まだ何かやらなきゃいけないこと忘れてる気もするけど……」

「報告書……！」

室長がおれを指差した。ハンターチャンス、みたいな調子で。

おれたちは毎日現場で調整してりゃいいってワケじゃない。一件調整したら、普通は数日間、Wordでの報告書作成業務に追われる。一部についてはプリントアウトした用紙に手書きして、ハンコを押して、PDFにしないといけない。

ハッキリ言って、おれはその意味が全く理解できない。

「報告書は解ってますよ、ちゃんとやりますって。他の何かを忘れてる気がして……。あー、もう頭の中カラッポですよ」

「糖分摂るといいですよ」

高橋がポッキーを食べながら言った。

「そうだなあ」

おれはひよこを咀嚼しながら、長い一日を反芻した。そしてふと気づいた。

「安曇さんのカバンないけど、どうしたの？」

「アー、香田サンが健康管理センター行ってる間に、帰りましタ」

「マジで？　入れ違い？」

「これ、お土産だって」

と鉄輪が何かを掲げた。おい、何で一人でおみやげを占拠してるんだ。

「博多通りもん？　安曇さん、博多出張に行ってたんですか？」

「さあね」

「くれよ。それ、一番好きな銘菓だ」

おれは鉄輪の手から通りもんを取ろうとした。鉄輪は高く上げて一度拒否し、それからおれに手渡した。

「……待てよ、おみやげ。おみやげか」

そうだ、忘れてた。危ないところだった。おれはもう少し、家での存在感について考えなくちゃいけないいんだ。

マイリトルポニーの縫いぐるみ、買って帰らないとな。あの紫色のやつ。トワイライトスパークル。定時で。

to be continued……

人　物　紹　介

OFFICE HACK

JAPANESE
SPY ACTION
NOVEL

CHARACTERS

つまり、完全にクソだ

31歳。男性。妻子持ち。愛社精神はさほど強くないが、ナメた真似をしている悪徳部署に対しては怒りを抱く。先行きの見えない現代社会、上がらない月給、この先の人生などについて漠然と悩んでいる。年上で後輩の奥野に対しては、バディであるものの、やや精神的な距離を置く。

好きな映画：「ラ・ラ・ランド」「スター・ウォーズ」「アナ雪（付き合いで何度も見させられた）」

デスク常備食：コーヒー、たけのこの里、ポッキー

オフィスハック能力：テイルゲート

他人の背後につき、気配を完全に消して歩くことで、セキュリティエリアへと侵入するオフィスハック能力。香田は現在7秒間だけこの状態を維持できる。

香田大介

Kouda Daisuke

まあ時代ですよ。
でも〝昔は良かった〟
なんて事は
ないです

49歳。男性。妻とは事実上離婚状態。かつてはサラリーマンだったが自営業で独立。体調を崩し、五年間の闘病生活ののちに社会復帰した。奥ゆかしく寡黙な男で、年下にも敬語で話す。香田のバディとして四七ソに配属された。室長とは以前から面識があるようだが、詳細は不明。

好きな映画：「用心棒」「ゴジラ」「マルサの女」
デスク常備食：梅昆布茶、おまんじゅう
オフィスハック能力：ダンプスター・ダイヴ
大量の書類やデータの中から、目的の証拠品を瞬時に探し出す能力。シュレッダーにかけられた紙クズの山の中からでも、求めるページだけを集めて繋ぎ合わせてしまう。

奥野辰雄

Okuno Tatsuo

香田ちゃァん、
ちょーッと
悪いんだけどさァ。
またブッ殺して
きちゃって

室長

The Boss

54歳。男性。四七ソのボス。本名は神嶌（かみしま）博己だが、皆は「室長」と呼ぶ。香田たちの上司。現場に出ることは滅多になく、もっぱら人事部や他部署との折衝にあたる。いつもはデスクでコーヒーを啜り、Ｙａｈｏｏ！ニュースのトップ記事の話題を手近な社員に振ってくる姿ばかりが目撃されている。のらりくらりとしているが、ここぞという時にはリーダーシップを発揮する。

好きな映画：「ゴッドファーザー」「蘇える金狼」「人間の証明」

デスク常備食：コーヒー、ハッピーターン

オフィスハック能力：ザ・ウォッチ

名探偵ホームズばりに驚異的な人間観察能力。遠くから観察するだけで、相手の職種や素性、性格までも見抜き、言い当ててしまう。相手が行使中のオフィスハック能力も見抜ける。

やれンの？　やる気はある？

鉄輪美喜

Kanawa Miki

31歳。女性。オペレーター兼ハッカー。香田や奥野を遠隔でナビする。もともと実働部隊で勤務していたが、オペレーターの不足とオフィスハック能力適性により、現在は内勤にまわされている。気性が荒く、内勤が嫌いで常にイラついている。香田の同期で、新人研修時代に同じ班だった。

好きな映画：「クローバーフィールド」「ハードコア」「グラン・トリノ」

デスク常備食：チョコラＢＢ、ゼロカロリーグミ

オフィスハック能力：ショルダーサーフ

人間離れした動体視力と画像記憶能力。オフィスを軽く見回しただけで、頭の中にその映像を高解像度記憶し、モニタの付箋に書かれたＩＤとパスワードを読み取ってしまう。

本書は2017年11月から2018年3月にかけ、WEBサイト「幻冬舎plus」にて連載されたものを加筆・修正したものです。なお、この物語はフィクションです。実在の団体・企業とは関係なく、社内の法が社会の法に勝ることはありません。現実とフィクションを混同しないようにしましょう。

OFFICE HACK

オフィスハック
2018年4月20日　第1刷発行

著　者　本兌有　杉ライカ
発行者　見城 徹

発行所　株式会社 幻冬舎
〒151-0051 東京都渋谷区千駄ヶ谷4-9-7

電話：03（5411）6211（編集）
　　　03（5411）6222（営業）
振替：00120-8-767643
印刷・製本所：図書印刷株式会社

検印廃止

Printed in Japan
ISBN978-4-344-03285-9　C0093

幻冬舎ホームページアドレス　http://www.gentosha.co.jp/
この本に関するご意見・ご感想をメールでお寄せいただく場合は、comment@gentosha.co.jpまで。